季节四部曲

[英]
阿莉·史密斯

著

许小凡

译

SPRING
by
Ali Smith

春

浙江文艺出版社
Zhejiang Literature & Art Publishing House

SPRING
Copyright©2019, Ali Smith
All rights reserved
本书中文简体字版版权,浙江文艺出版社独家所有
版权合同登记号:图字:11-2020-129号

图书在版编目(CIP)数据

春 /(英)阿莉·史密斯著;许小凡译. —杭州:浙江文艺出版社,2023.4
ISBN 978-7-5339-7111-3

Ⅰ.①春… Ⅱ.①阿… ②许… Ⅲ.①长篇小说-英国-现代 Ⅳ.①I561.45

中国版本图书馆CIP数据核字(2023)第004560号

责任编辑	周 易	装帧设计	董茹嘉
责任印制	吴春娟	营销编辑	宋佳音
封面插画	三文seven	数字编辑	姜梦冉 诸婧琦

春

[英]阿莉·史密斯 著　许小凡 译

出版发行	浙江文艺出版社
地　址	杭州市体育场路347号
邮　编	310006
电　话	0571-85176953(总编办)
	0571-85152727(市场部)
制　版	浙江新华图文制作有限公司
印　刷	杭州富春印务有限公司
开　本	880毫米×1230毫米　1/32
字　数	196千字
印　张	9.125
插　页	5
版　次	2023年4月第1版
印　次	2023年4月第1次印刷
书　号	ISBN 978-7-5339-7111-3
定　价	69.00元

版权所有　侵权必究

为铭记

哥哥

戈登·史密斯

和哥哥

安德鲁·史密斯

为了铭记

我的朋友

莎拉·丹尼尔

和那

哦,那最明丽可爱的

莎拉·伍德

他似乎是一个外邦人,他的标识
是一梗枯枝,只有梢上微露青色,
铭语是,"待雨露而更生"。

——莎士比亚[①]

可是,如果无限死去的人们在我们里面唤醒了一个象征,
也许他们会让我们看飘垂在榛树
空虚枝条上的柳絮,或者
让我们听春天落在深暗泥土里的雨滴——

——勒内·马利亚·里尔克[②]

我们必须开始行动,这才是关键。
在特朗普之后我们必须开动起来。

——阿兰·巴迪欧[③]

我已经在探寻春天的踪迹。

——凯瑟琳·曼斯菲尔德[④]

年月像孩童伸展,
把光揉进它的双眼。

——乔治·迈凯·布朗[⑤]

① 出自莎士比亚《泰尔亲王配力克里斯》(*Pericles*, *Prince of Tyre*) 中，泰莎公主对前来参加比武的配力克里斯的形容，朱生豪译。末句拉丁语铭文"in hac spe vivo"，与本书中弗洛伦丝学校徽章上的 vivunt spe 相呼应。
② 出自里尔克《杜伊诺哀歌》第十首，对应于本书中帕蒂与理查关于里尔克和曼斯菲尔德的讨论。由于作者选择的是史蒂芬·米切尔（Stephen Mitchell）的英译本，此处使用了更接近这一英译本的灵石译本。
③ 阿兰·巴迪欧（Alain Badiou），法国哲学家，引文来自巴迪欧 2016 年《对美国大选的反思》一文，文中提出了鲜明的左翼主张。
④ 凯瑟琳·曼斯菲尔德（Katherine Mansfield），又译"曼殊斐儿"（见徐志摩《曼殊斐儿》一文），生于新西兰，现代主义小说家，1923 年因肺结核去世。
⑤ 乔治·迈凯·布朗（George Mackay Brown），20 世纪苏格兰诗人，引文出自《冬梦》（"Dream of Winter"）一诗，讲述一个形似基督、可能是爱尔兰人的"冬季之人"被钉上刑柱后的场景，接下来的几句为"春季入山/携山羊，农机，爱人，与燃烧的石南/牛棚洞开，风的蓝指/把移徙的旅人放上山石"。

目录

Ⅰ / 1

Ⅱ / 93

Ⅲ / 175

鸣谢与感谢 / 272

译后记 / 274

I

I

好了，我们不想要事实。我们想要的是疑惑。我们想要的是重复。我们想要的是重复。我们想要的是当权者说**真相不真**。我们想要的是当选议员说**刀插进她的前胸一扭还温热着**诸如此类**自带绞索吧**诸如此类我们想听执政的下议院议员冲反对派议员大喊**去死吧**我们想听权贵表示他们想把别的权贵**碎尸装袋装进我的冰柜**我们想让某些妇女变成报纸专栏里的笑料我们想要这种笑我们想让这笑声无往不在跟随她们。我们想让我们口中的外国人感到自己是外国人我们要让他们明白除非我们允许否则他们不能拥有权利。我们想要的是为非作歹激怒别人转移注意力。我们需要说思考属于上等人知识也属于上等人我们需要让人感觉自己被落下权利被剥夺我们需要的是让人感觉。我们需要的是恐慌我们想要下意识的恐慌也想要有意识的恐慌。我们需要情感我们需要正义感我们需要愤怒。我们需要一切爱国的东西。我们想要的是老一套**酗酒母亲的丑闻每日服用阿司匹林的危害**但全都得更都得更十万火急**不不不**我们需要一个标签**#划清界限**我们想让一切我们想要的都归我们**不然我们就走**我们想要愤怒我们想要激愤我们想要最动人的文字反犹是好的纳粹是伟大的恋童癖真的会得逞外国人全是些违法乱纪的变态我们想要直觉反应我们想对"儿童移民"做年龄测试98%的人要求禁止新移民阻拦移民的炮舰机我们还能接纳多少人呢闩上你的门藏好你的老婆我们要的是*零容忍*。我们需要新闻符合手机尺寸。我们需要绕开主流媒体。我们需要目光越过采访者直接对着镜头说话。我们需要给出非常明确非常强硬明白无误的信息。我们需要新闻推送的冲击。我们需要更多新闻推送的冲击快点啊下一波新闻连播冲击快来啊快别点了我们想要酷刑照片。我们需要弄他们我们需要让他们觉得我们可以弄他们让所有非白人都了解*私刑*这个词。我们想对黑人/女性议员不不不公共场合的所有女人和在公共场合做我们讨厌的事的所有人进行全天候不间断的强奸威胁死亡威胁我们需要**她岂敢/他岂敢/他们岂敢**。我们需要暗示有*内奸*。我们需要**人民公敌**我们想让他们的法官被叫作**人民公敌**我们想让他们的记者被叫作**人民公敌**我们想让我们决意叫他人民公敌的人被叫作人民公敌我们想在尽可能多的电视和广播节目里一遍又一遍大声说他们是如何让我们噤声的。我们需要说出一切老一套的东西就好像它是新的。我们需要我们说什么新闻就是什么。我们需要我们说文字是什么意思它就是什么意思。我们需要一边说一边否认我们所说的东西。我们需要让文字的含义无足轻重。我们需要一个老套的口号**英国**~~英格兰~~/**美国**/**意大利**/**法国**/**德国**/**匈牙利**/**波兰**/**巴西**/［插入国家名称］**优先**的口号。我们需要暗网货币算法的社交媒体。我们需要说我们这么做是为了言论自由。我们需要机器人用户我们需要陈词滥调我们需要给出希望。我们需要说这是一个新的时代旧的时代已经死了他们的时代结束了现在是我们的时代。我们需要边说边笑我们需要在镜头前大笑哈哈哈咚一个人仰天大笑听那一天结束时工厂的哨声那家工厂死了我们是新的工厂哨声我们是这个国家一直都需要的我们是你需要的我们是你想要的。

我们想要的就是需要。

我们需要的就是想要。①

---

① 以上内容均为书中人物对新闻现象的观察与反讽。——编者注

那个时候又到了，对不对？（耸肩。）

它一点都触不到我。它不过是水与尘土。你不过是骨灰和水。很好。最后对我更有用了。

我是埋在树叶里的孩子。树叶向深处腐烂：我就在这儿。

或者，想象雪中的一朵番红花。看到番红花的周围一圈解冻的痕迹吗？那是通往大地的门。我是球茎的绿，是种子迸裂的一瞬，是花瓣的舒展，我用绿点染树枝的末梢——绿得好像着了火。

植物穿过垃圾和塑料向上拱，早一点，晚一点，总要长出来。不管怎样，植物都在你脚下腾挪，血汗工厂里的人，出门购物的人，坐在桌旁映着屏幕光线的人，手术等候室里刷着手机的人，大喊大叫的抗议者，无论身处何地，在哪一个城市或者农村，在尸骨堆边上和你的住处边上，在你把自己喝傻了喝高兴了喝难过了的地方，在你向你的神祈祷的地方，和大型大超市的边上，灯光腾挪，鲜花点头，公路上的人们飞速掠过路边和灌木丛，好像什么也没有发生。一切发生。车上随手丢弃的垃圾上面遍开鲜花。光线腾挪，越过你们的分界，绕过有护照的人、有钱的人、一无所有的人，经过棚屋、运河和大教堂，你们的机场，你们的墓地，无论你们埋葬什么，无论你们挖出了什么又把它叫作你们的历史，无论你们钻出了什么把它耗竭又拿它卖钱，光漠然腾挪。

真相漠然如是。

冬天对我来说什么都不是。

你以为我不知权力是何物？你以为我生来碧绿？

过去是这样。

敢动我的气候，我就毁了你们的生活。你们的生活对我什么都不是。我会在12月从地里掀出水仙花。我会在4月用雪堵住你的前门，吹倒那棵树，让它砸烂你的屋顶。我会用河水为你家铺上地毯。

但我将复苏你体内的汁液。我将向你的血管注入光。

现在你的路面之下有什么？

你的房屋地基之下是什么？

是什么让你的门变形？

是什么让你的世界布满灿烂的色彩？鸟儿的歌唱是什么音调？是什么让蛋中的喙成形？

是什么让最幼弱的绿芽穿过岩石，让石头开裂？

时间是 2018 年 10 月一个周二上午的 11 点 09 分，理查·利斯——影视导演，大多数人对他印象最深的是 20 世纪 70 年代的一些，好吧，几部口碑不错的《今日剧场》，但他多年来也出过不少其他的作品，我是说，如果你够老，就肯定看过他的一些片子——他正站在苏格兰北部某处的火车站台上。

　　他为什么在这儿？

　　问错问题了。这么问就暗示其中有个故事。没有故事。他受够故事了。他正把自己从故事当中抹去，具体来说，是从关于下面这些东西的故事当中抹去：凯瑟琳·曼斯菲尔德，莱纳·马利亚·里尔克，昨天早上他在大英图书馆外的人行道上看到的那个无家可归的女人，以及比所有这些都更重要的，他的朋友的死。

　　上面说的那些，什么他是个你听说过的或没听说过的导演，那些东西就都别提了。

　　他只是车站里的一个人。

　　直到这会儿，车站还处在静止之中。延误意味着没有火车进出，在他站在站台上的这段时间里，没有火车，这近乎是车站在满足他的需求了。

站台上没有别人。对面的站台上也没有人。

在某个地方还是有人在的，办公室里上班的人，或是照看这里的人。我们当然还是会雇些人亲自照看这种地方。会有人在某个地方看着屏幕。但他没看见真实的人。自从他离开旅店，走上高街，他看到的唯一一个别人，是在车站外的那种咖啡车里，在它敞开的舱门里面走动的人，那种雪铁龙面包车。一个为没人服务的人。

他没在找人。没找人，也没人找他，没有重要的人找他。

理查死哪去了？

他的手机在伦敦，装在半杯咖啡里，连同盖子放在尤斯顿路一家即食连锁店的垃圾桶里。

当时放在。他不知道它现在在哪。垃圾处理厂。填埋场。

好极了。

嗨，理查，是我，马丁·特普随时会到，你能告诉我你大概什么时间过来吗？嗨，理查，还是我，我就是想告诉你马丁刚到办公室。你能不能给我打个电话，告诉我们什么时候能见到你？理查，是我，你能给我个电话吗？嗨，理查，还是我，我就是打算把今天上午的会议改期，马丁只在伦敦待到今晚，他下周才回来，给我打个电话，让我知道今天下午行不行，好吗？谢谢你，理查，不胜感激。嗨，理查，因为你不在，我们改到了下午4点，你收到这条信息的时候能否确认你已收到呢？

不能。

他站在风中，抱紧胳膊按住外套，不让它来回拍打（冷，没有扣子，扣子掉了），看着脚下柏油站台上的白色小光斑。

他深吸一口气。

吸到尽头的时候肺疼。

他看向小镇后方的山脉。它们真了不起。它们真荒凉，又真实。它们中有山能蕴含的一切意义。

他想到自己在伦敦的房子。一粒粒尘土将悬浮在穿透百叶窗缝隙的阳光之中，如果伦敦现在是个晴天的话。

看看他，正讲着自己不在的故事呢。

讲述他自己的尘和土。

别讲了。他不过是个靠在车站柱子上的人。仅此而已。

那是一根维多利亚式柱。上面的铁质部分漆成了白色和蓝色。

然后他在站台上方透明屋顶的下面向后退了几步，靠建筑物近一些，好避开风。

那边的几座山峰顶上有些雨云一样的东西，就好像山顶笼着一层纱。另一边的云，感觉是南边的云，看起来像是从后面打光的一堵墙。山上的，北面，东北面的云，则是雾。

这就是他为什么在这里下了火车：火车驶向了这个车站，而山显得那么干净，干净得像被清扫过。它们身上有些什么让它们接受了自己的存在，又不要求些什么。它们仅仅是存在而已。

多愁善感。

自作多情。

他头顶上方的自动装置现在再次抱歉,目前没有列车进站或离站。

除了自动广播,几乎什么事也没有发生,几只鸟穿过天空,初秋的树叶和草叶在风中沙沙作响。

一个站在车站的人,远眺四周环绕他的山脉。

今天,它们看起来像一只巨手随意画出,又在下方添加了阴影的一条线,像什么东西睡着了又静候着。它们看起来好像想象中那些沉睡的海兽远古的脊背。

山的故事。

我自己逃避讲故事的故事。

我自己从一辆操蛋火车上下来的故事。

他摇摇头。

他曾是火车站台上的一个人。*不曾有什么故事*。

除非,有。故事总他妈的有。

他那会儿*为什么*在火车站台上?他那会儿在等火车吗?

并不是。

他是要去哪吗?为什么?他是要下车见什么人吗?

不是。

那么,如果不是为了坐车或者候车,这个人为什么在站台上了?

他就在了,不行吗?

为什么?还有,你为什么对自己用过去式啊?丢人。

丢人,是啊。有道理。有些东西确实已经丢了。丢了。

什么丢了?究竟是什么?

哎，我不知道怎么说。

试试看。

（叹气）我不能够。

试试吧。来啊，你可是电视剧大人。那个丢了的东西，它长什么样？

好吧。好，就，就想象有个人，或者什么东西、什么力量，它压在你身上，先从头，再从头到脚像给苹果去核一样把你穿透了，这样一来你还站在那儿，好像什么都没发生，而实际上是*发生了*些什么的，你是个空心人了，在你原来的中心位置现在有个直上直下的洞。这么说行吗？

自我陶醉。人渣。你的自我跟《猫和老鼠》动画片里的差不多。什么，你想要人同情你的空洞？同情你那什么？同情你他妈不能*开花结果*了？

你看，我只是想试着把我的感觉用语言表达出来，把一种不容易描述的感觉，变成——

别跟我讲你那些故事了，你废——

了他有能力去爱的那些时间，能在字面意义上爱上，在实实在在的灵魂层面，快乐地醉心于像柠檬那么简单的东西。随便一只柠檬，在碗里，在市场的摊位上，和其他柠檬一起装进超市的一个网兜等待被买走。在他的生命中，曾经有一段时间，这类东西让他充满了喜悦。

但现在，这种简单就在他全无留意之间，变得微小极了，遥远极了，他在一艘老式海轮的甲板上驶向波涛汹涌的大海，像个疯子一样向岸边挥手，而海岸，就像在柠檬这么简单的东西里面一度存在一种平稳的快乐一样，消失了，完全地消散了,再也看不见了。

　　再也不*在*了。

　　丢人。

当他回想起跟帕蒂^①见的第一面，他的脑海中浮现了近五十年前的一帧黑白画面，一块巧克力上的一些牙印。他看到这块巧克力的时候，巧克力已经老化泛白，特别是在一排小牙齿的牙印那里。这是碧雅翠丝·波特的牙齿。碧雅翠丝·波特不知什么时候咬了一口巧克力，又把它放下，忘在了她写书和画插图的棚子里，在那里她创作了许许多多迷人的、讲英国小动物的书，它们穿着爱德华时代的衣服，有的好，有的坏，有的笨，被狐狸奉承的鸭子，吃了许多坚果而没法走出树洞的松鼠；她咬了一块战前的巧克力，她牙齿上的印迹比她活得更长，留在棚子里，在她一九几几年去世之后又留存了几十年。

在那之前他给一个助理导演做助理，这是他最早期的一份工作。这是他参与的第一部帕蒂的编剧。

她的剧本把基本没什么才气可言的一次拍摄变成了一部

---

① 帕蒂是常见爱尔兰名，也常用来指代爱尔兰守护神圣帕特里克及爱尔兰本身。如爱尔兰常被人格化为"醉酒帕蒂"（drunken Paddy）。此处用作女性名，是帕特里夏的简称。——译者注（本书脚注若无特殊说明，则均为译者注。）

有思想的片子。此外,她还把巧克力上的牙印这些镜头写进了剧本,这样他们到最后就非用这些镜头不可了。

他从别人那里拿到了她的地址,他们第一次让他独立拍摄,他就联系了她。他在倒吊人酒馆里给她买了一杯威士忌。那时候他刚满 21 岁,从未在酒馆里请人喝过威士忌,别说请一个女人,更别说请一个像她这样迷人的年长女性。

—— 因为我是爱尔兰人?
—— 因为你很厉害。
—— 我是厉害,你说得很不错。对我手上的事我擅长极了。那你呢,你厉害吗?我只想和特别厉害的人共事。
—— 我还不知道。很可能不怎么厉害。我更像是只顾自己的那种人。但你很棒,巧克力上的牙印。你把它写进去了。
—— 是,你眼力不错。这我得承认。况且你还年轻得很。所以许多事还是有可能的。你这么想让我和你一起工作,是因为我把一些东西写进去了,这让他们必须用上你拍的那些镜头。是不是这样?
—— 真心话?你的剧本让我拿到了这份工作。
(她摇摇头,看了一眼酒馆的门。)
—— 但你也让那部片子更好了。你的剧本让真实的事情发生。
—— 真实,是吧?
(停顿。香烟,吞吐云雾。)

——好。

——好?真的吗?你答应了?

——好,我跟你一起工作。《今日剧场》对吧?好。条件是,我们要在这个时段多做一些事,一些更让人意想不到的事。

——怎么让人意想不到?

——有一些办法能让人在这个时代活下去,杜布迪克,其中一个办法,我想,就是叙述的形态。

昨天上午，在追悼会过去整整一个月以后（追悼会之前的几天，他们私下里把她火化了，他甚至都不知道是什么时候，只有近亲能参加），他沿着尤斯顿路走，经过大英图书馆的时候，看见一个女人靠墙坐着，三十多岁，样子年轻得像二十几岁，披着毯子，从纸盒上撕下的方形纸板写着讨钱的话。

不，不是钱。上面写着"请，帮，我"三个字。

光是今天上午，他在这个城市已经路过了不计其数无家可归的人。这些日子里，无家可归者又变得不计其数了；随便一个他这样的老左派都知道事情就是这样。保守党再次上台，人们再次流落街头。

但不知因为什么，他看见了她。毯子很脏。她赤着双脚踩在人行道上。他也听到了她的声音。她正唱着歌，声音很甜美，不对任何人，只对她自己。时间是早上八点一刻。

歌是这样唱的：

> 百千万的人啊
> 在路上奔跑着

哦空无啊空无

哦空无啊空无

哦空无

理查继续走着。当他停下一直行走的脚步时，刚刚经过国王十字车站的正面。他转身走了进去，就好像从一开始他就打算这么做。

大厅中央，在巨大的终战纪念日虞美人①底下有一个摊位，卖的是家用器具和工具形状的巧克力：锤子、螺丝刀、钳子、刀叉餐具、杯子等等；你可以买到巧克力杯、巧克力碟子、巧克力茶匙，甚至是巧克力炉头咖啡机（炉头咖啡机很贵）。这些用巧克力做的东西逼真极了，摊位上挤满了人。一个西装革履的男人正购买着一只极其逼真的厨房水龙头，是巧克力做的，上面喷了银；卖给他的女人把它小心翼翼地放进一个内里预先铺好稻草的盒子。

理查把卡插进一台售票机。他输入从这里出发的列车能到达最远处的地名。

他踏上一列火车。

他在上面坐了半天。

火车到达终点前的一个小时左右，他透过窗户看到天幕下的几座山，就决心在这里下车。有什么能阻止他随心所欲，在一个没印在车票上的地方下车呢？

---

① 在英国，虞美人（罂粟科）象征对第一次世界大战阵亡士兵的纪念，终战纪念日为每年的11月11日。

哦空无啊空无。

国王"高西"①，跟"挑刺"押韵，他一直以为是这么念的，上火车之前，伦敦国王十字车站的机器播音员在他头顶的扬声器里也是这么念的。

金—尤—西是他到达之后，旅店里为他开门的人的念法。他们会起疑心的。什么样的人不在手机上提前预订？什么样的人没有手机？

他将坐在旅店陌生的床沿。他将坐在地板上，让床和墙支着他自己。

到了明天，他的衣服将沾上他即将过夜的这间屋子里，空气清新剂的气味。

---

① 这里理查误以为 Kingussie 的地名读作 King Gussie（意为"国王高西"），与 fussy（意为"挑刺"）押韵，但实际的发音接近 Kin-you-see（金尤西）。

11点29分，车站扬声器系统里自动装置的声音表示歉意，11点08分从爱丁堡韦弗利出发的苏格兰铁路服务因金尤西以南的铁路事故延误，11点09分前往因弗内斯的苏格兰铁路服务因金尤西以南的铁路事故延误，11点35分从因弗内斯出发的苏格兰铁路服务因信号问题延误，11点36分前往爱丁堡韦弗利的苏格兰铁路服务因信号问题延误。

理查对他想象中的女儿说，美德是出问题的信号①。

他想象中的女儿说，这是正经告诉你不要去站台。

（他想象中的女儿仍然在他身边，即便帕蒂已经死了。）

每当他拿不准一些特别时兴的词的意思，他就会询问他想象中的女儿。比如说"#metoo"。

这意味着你受牵连了，他想象中的女儿告诉他。"你也。"

然后她笑了。

什么是标签？他问过她。

她现在在他的脑海中还是差不多11岁，几十年了都是

---

① 对"信号问题"的文字游戏。

这样。他知道,他到现在为止都不允许她拥有成年人的生活,这是一种父权专制,是不对的。(他想,自己可能远不是唯一一个想这么做、如果有可能也确实会这么做的父亲。)

他想象中的女儿说,标签和薯饼完全不一样①。吃不得,抽不得。

出于对他真正的女儿的尊重——无论她在哪,假设她还在世上——他在网上查了一下这究竟是什么意思。

也是时候了,他边查边想。

然后他两个星期没有睡觉,夜复一夜躺在凌晨4点的床上,忧心着他曾以为对身边女人随意做什么都没问题的这一次,或那一次。他摸过许多条腿。他冒过许多次险。他大多数时间都很幸运。没人抗议。

至少没人跟他抗议。

过了两星期他又开始睡觉了。他太累了,不能不睡。

我从前有的时候是个坏蛋,你知道吧,他曾在脑海中对想象中的女儿说。

他想象中的女儿说:我猜就是。

我从前有的时候是个坏蛋,你知道吧,他曾在脑海中对他真正的女儿说。

寂静。

---

① 标签(网络上用的标示话题"#"形符号),英文为hashtag,与"炸薯饼"(hash brown)形近。

去年3月。她去世前的五个月。他在他家和她家之间泥泞的人行道路上跋涉了几英里。他按了门铃。双胞胎当中的一个让他进了门。帕蒂在后面屋子里。她听见门厅里他的声音就开始大喊。

是我心爱的艺术之王来了吗?

她瘦得好像一端起茶杯,胳膊就会断掉。但她的精气神却在他进屋的时候像一阵八级狂风席卷了他,他的头发长了,他的衬衫怎么脏了——你在干吗啊,像疯子一样吃东西吗?看看你的裤子,你没有靴子吗?看看你那可怕的脏衬衫底下惨兮兮又可爱的凸鸡胸,迪克,你以为你是谁啊,该死的泰尔亲王配力克里斯吗①?

是"疲"力克里斯,他说。冒着暴风雪走了六英里,来和你谈谈善政。

哦,你成了那个累了的亲王,是吧,你这个只顾自怜的

---

① 迪克,或杜布迪克,是帕蒂对理查的昵称,理查·杜布迪克(Richard Doubledick)是狄更斯《七个穷旅人》中的人物,后文有解释。《泰尔亲王配力克里斯》是莎士比亚晚年剧作,剧中的配力克里斯几度逃亡,漂流海上,最终才与妻女重聚。

骗子。我才是那个要死了的女人,她说。把那双湿鞋脱了。

你不会死的,帕蒂,他说。

哦,我会的,她说。

哦,不,你不会的,他说。

成熟点吧,她说,这不是什么童话剧,我们都会的。觉得我们不会死是现代人的幻想,是现代病,别上当了,这会儿轮到我的船有洞了,不是你的,所以,别捣乱。

我们都在一条船上,帕蒂,理查说。

别想着你能把我的不幸窃为己有,她说。把鞋放在暖气上面。把袜子从你的脚上脱下来,放到暖气片上。德莫特,拿条毛巾来,把水烧上。

自由世界的船,他说。我们还曾以为我们会是一条船上的船员,驾着它永远驶入夕阳中的地平线。

一切都变了,彻底变了①,她说。那新的世界秩序之船现在成型了吗?

他笑了。

他说,成了电脑游戏里一艘船的形状,从数字设计上就注定要被鱼雷击沉。

人类的聪明才智,她说。能找到这么有意思的新办法享受事物的毁灭,你得为这叫好。你呢,除了自由资本主义民主终结了之外,你怎么样?我是说,见到你很高兴,但你想要什么?

他把消息告诉了他:他刚发现自己被安排了马丁·特普

---

① 叶芝,《1916年复活节》(1921)。

的新片。

特普？苍天啊，她说。

我知道，理查说。

上帝保佑你吧，你真的需要他的保佑。他们派你做什么？

他对她讲述这部小说，小说讲了两位作家的故事，两人在 1922 年凑巧都住在同一个瑞士小镇，但从没有见过对方。

她说，凯瑟琳·曼斯菲尔德？真的吗？你确定？

是这个名字，他说。

和里尔克是邻居？她说。这是真事？

小说后面的致谢页发誓说是真事。

什么样的小说？谁写的？

文学性的，他说。内拉还是贝拉什么的第二本小说。语言很多。发生的事很少。

然后他们把这样的项目给了这么个土行孙①？她说。

畅销书。进了所有的短名单，他说。

她说，我没太关心过这些。写得好吗？

平装版简介说是一曲和平宁静的田园牧歌，来自过去的礼物，让人心荡神摇纵享美妙，逃离英国脱欧的时代，之类的，他说。我挺喜欢这本。两个人过着平静的写作生活，时而在酒店的走廊里擦肩而过。一个人正为她一生的作品画上句号，虽然她对此一无所知。她病了。为了躲避和住在山上的丈夫发生争吵，她下山来，和她的朋友一起——一个看起

---

① 这里将特普的姓 Terp 转写为 Twerp（意为"蠢蛋"），表轻蔑。

来畏首畏尾的角色——住进了这家酒店。另一个作家,名字怎么念来着?

里尔克,帕蒂说。

他在这一年的早些时候为一生的创作画上了句号,理查说,他筋疲力尽了。他住的塔楼在翻修,于是他搬到路边的同一家酒店,直到翻修结束。翻修结束,他就回家了,他离开酒店的时候她刚到,她的朋友像一匹驮马,背着她俩所有的行李。但他喜欢在那里吃饭,所以大多数傍晚他都散步过来吃饭,那里是个滑雪胜地,因为是夏天,酒店和小镇都空荡荡的,所以两位作家就经常坐在同一间餐厅里离对方不远的地方。有时他们在酒店的花园里擦肩而过,小说花了些笔墨描写他们头顶的山和他们在山下,就那种,你知道的,以壮丽的阿尔卑斯山为背景,过着他们的生活。

然后呢?帕蒂说。

我刚把整个情节告诉你了,他说。

呃,帕蒂说。

季节更替,他说。他们从没见面。马匹、礼帽和小马甲,草长得很高,花,草地上的牛群,牛的脖子上挂着铃铛。古装剧。

她摇摇头。

但特普啊,她说。灾难。你能脱身吗?

他举起手展示衬衫的袖口,好让她看到哪里磨破了。接着又举起另一只手腕,袖口处也磨破了。

你看到剧本了没有?她说。

我看了,他说。

里面有恐怖分子吗？她说。

两个人都笑了。去年他们一起看了马丁·特普最新出品《国家信托》的 iPlayer 盒装全集。这部剧在所有媒体上的风评都好极了：五集的剧情充满了扣人心弦的各种爆炸情节，讲述了警察和情报人员对付一伙女性恐怖分子的故事，这些女恐怖分子带着些自杀式炸弹背心躲进了英格兰北部的一座雄伟的大宅，挟持了几名公众人物和一个刚获得从业资格的英格兰历史导游当人质。

我今天来就是告诉你，帕蒂，有比恐怖分子更可怕的东西。理查说。

他告诉她，马丁·特普已经交上了一系列他草拟的性爱场景，无论是最初委托改编的英国广播公司还是那些大的在线零售商——这部片子基本是由他们投资的——都十分看好这一部分。

性爱场景？帕蒂说。

他点头。

凯瑟琳·曼斯菲尔德和莱纳·马利亚·里尔克？她说。哪一年来着，1922 年？

在他的塔楼里，在她酒店的房间里，在酒店的各种床上，包括她朋友的床，这里面也有一点女同性恋情节，还有——别急，我还没说完——在酒店花园里，在一般用来演弦乐四重奏的一个小石窟里，在酒店走廊一个盆栽后面裹着帘子，在酒店台球室里的台球桌上，球滚得到处都是。喜剧上床了，他说。

帕蒂笑出了声。

我不是笑喜剧上床,她说。我笑是因为这不仅可笑,而且不可能。首先,曼斯菲尔德的肺结核在 1922 年就很严重了。1923 年初她就因为这个死了。

我知道,他说。因为她肺结核很严重,我的这儿已经很痛了。

他握住她过分瘦削的手,放到自己的胸前。她对他笑笑,扬了扬一边的眼眉。

鱼儿跳,杜布迪克。

躯体化,活着多么简单①。自从他们开始一起工作,自从《问题之海》②让他在六周的拍摄过程中真的面带一丝她口中的"爱尔兰绿"——她对此的诊断是晕船——帕蒂的理论一直是,一旦他开始在身体里内化自己制作的那些东西,那么产出的东西就会有魔力,会好。

他笑了,放开了她的手。

没有你,什么好东西都做不出来,他说。

我想反驳你,但我反驳不了,对吧,她说,既然你跟我说了,特普顶的是我的位置。也就别让我更难受了。这是我愿意不惜一切来和你一起做的。凯瑟琳·曼斯菲尔德。天啊,一个关于凯瑟琳·曼斯菲尔德的剧本。和里尔克。文学巨匠,曼斯菲尔德和里尔克,同一个地点,同一个时间。太

---

① 他们化用了格什温创作的爵士歌曲《夏日时光》的前两句歌词:"夏日好,活着多么简单;鱼儿跳,棉株高。""夏日"(summertime)与精神症状的"躯体化"(somatise)谐音。躯体化,也指本段中对作品的内化。这首歌一个著名的版本由埃拉·菲茨杰拉德演绎。
② *The Sea of the Troubles*,其中"the Troubles"特指北爱尔兰问题。

惊人了。

如果这事你在乎,理查说。

哦,我可太在乎了,她说。曼斯菲尔德在瑞士写的短篇是她最好的作品。而他,即将完成《杜伊诺哀歌》,写出俄耳甫斯那些诗。两个耀眼的天才深入黑暗之中,去探寻如何谈论生与死。他们开创性地重塑了他们各自使用的形式。就在那儿,在同一个时间,同一个屋檐下。哪怕只是想想。如果是真的,迪克,那太震撼了。真的。

我相信你,他说。

她摇摇头。

是里尔克啊,她说。还有曼斯菲尔德。

这下理查想起来了;他终于明白过来。凯瑟琳·曼斯菲尔德就是帕蒂一直跟他说的众多女作家之中的一位,几十年来,她一直对他说起那些作家,而他从来没有听进去,也从没去做过什么。

他跟她说了些信口开河的话,说他多年来总把她说起的曼斯菲尔德想象成一个维多利亚气质的人物,瘦瘦的老姑娘,有点正经,有点单纯。

正经,单纯!帕蒂说。那可是曼斯菲尔德啊!

她笑出声来。

凯瑟琳·曼斯菲尔德庄园①,她说。

理查也笑了,尽管他并不真的理解为什么好笑。

她确实是个冒险家,在所有的方面都爱冒险,帕蒂说。性爱冒险家、审美冒险家、社会冒险家。一个真正浪迹天涯的人。她的人生充满了各式各样的爱,对她的时代来说是惊世骇俗的,我是说,她无畏极了。天知道怀孕了多少次,总是错误的人让她怀孕。她嫁了一个几乎完全陌生的人,好让她和别人的孩子成为合法婚生子女,然后流产了。② 书里有这些吗?

没有,理查说。没有这类内容。

一战时她把自己弄到了战线后方,帕蒂说。好和她正在作战的法国情人度过一晚。她向官员出示了她的"姨母"寄来的一张明信片,上面说要她紧急赶来。寄卡片的却是她的士兵情人,签名是玛格丽特·邦巴德③。雏菊的轰炸!她让所有那些觉得*自己*才是社会革命家的人震惊,乃至恶心,让伍尔夫、贝尔、布鲁姆斯伯里这帮人显得灰头土脸。在他

---

① 《曼斯菲尔德庄园》(1814)是奥斯丁后期的小说,主人公范妮·普莱斯更接近这里的"正经""单纯",是一个羞怯、谦逊而正直的人物。她所代表的严苛的道德感,与作为现代主义小说家、乐于突破一切陈规,在徐志摩描述中"在文艺中努力"并"活他一个痛快"的凯瑟琳·曼斯菲尔德大异其趣。
② 指1908年,20岁的凯瑟琳怀着加内特·特罗威尔(Garnet Trowell)的孩子与乔治·鲍登(George Bowden)成婚。后来,1918年,离婚后的凯瑟琳·曼斯菲尔德又与约翰·米德尔顿·穆雷(John Middleton Murry)结婚。
③ Marguerite Bombard,其中"玛格丽特"意为"雏菊","邦巴德"意为"轰炸"。"雏菊的轰炸"在当代语境下,也可能指美军在越战、海湾战争和阿富汗投放过的威力巨大的重型常规炸弹"雏菊切刀"。

们心里她是个新西兰的野蛮人，殖民地来的。哦，她倒的的确确是个先驱①。

帕蒂摇摇头。

但到了1922年，她胸前的毯子对她尚且太沉重，她说。别提跟人上床了。1922年，我的天，据我的了解，她虚弱极了，几乎没法从马车走到酒店门口。而那时的酒店也不太敢收结核病人，不会让一个咳嗽的女孩住进去。瑞士或许不一样，结核病人到那旅游是个产业。

为何是个产业？理查说。

干净的好空气，她说。

你怎么什么都知道啊，帕蒂？他说。

拜托，帕蒂说。别因为我知道些什么就责备我。我是个濒危物种，是那种没人会觉得还有用的东西。是书。是知识。是经年累月的阅读。所有这些加在一起意味着什么？意味着我*知道*一些事。

我就是冲这个来的，他说。

我想也是，她说。

她把自己抵在桌子边上，把椅子往后推，扶着桌子的一侧，让自己站了起来。她停了一会儿，因为站起来让她头晕目眩。她看到他一个激灵要动，好像想帮她一把。

别，她说。

她朝两边都摆满了书的门厅望去。

我想我那本里尔克早就去慈善店升天了，她说。里尔

---

① 先驱（pioneer），也双关于殖民背景下的先驱殖民者。

克，一个在死之前就早已死得漂漂亮亮的人。看看这碗玫瑰花瓣，他说，忘了所谓现实世界里那令人分神的一切。但天下的天使和玫瑰只有那么多，一个女人能承受的"死亡作为表达方式进入我而我进入你我们一起在死亡中征服死亡"也只有那么多。遑论一个要死的女人。但我这样也不公平。

她撑着自己走到门厅的入口，让自己倚着墙，又靠在那些书上，沿着书架一直走到她想要的那排字母面前。

没有，里尔克不在了，她说。跟你说过我不公平。但我有很多本曼斯菲尔德给你。

她抽出一本书，打开，把书和自己都靠在别的书上，快速翻看了一遍，然后啪地把书合上，塞到胳膊底下。她又抽出了几本书。这时帕蒂的身体还能允许她胸前抱着两三本硬皮精装书穿过一间屋子。她松手让书落在他面前的桌子上。其中一本落下来摊开的地方抓住了他的眼球。

> 我写这封无聊的信时，正肆虐着一场风暴。它听上去是那么的雄壮，让我真想能够出门去投入它。

哈，他说。

帕蒂笑了。然后用爪子一样的手指敲了敲摊开这页上面的日期，1922年。她走回自己的座椅，躬下身子把自己放了进去。

对你有用的一年，她说。就比如说，1922年世界上所有活着的千百万人里面，有五分之一的人属于——

她扬起眉毛，等着看理查会说什么。他什么也没说。他不知道该说什么。

大英帝国,她说。顺着我的思路想想整个世界,墨索里尼不就是这时候得势的吗?那本小说里有这些吗?

你了解我的,他说。我可能给漏了。我读书没那么用心。

离家近一点的,1922年,是迈克尔·柯林斯①被杀,她说。

哦当然,理查边说边努力回忆迈克尔·柯林斯是谁。

想一想,帕蒂说。爱尔兰暴动。崭新的统一。崭新的国界。崭新的爱尔兰陈年内乱。新瓶装旧酒,别跟我说这些东西跟现在没关系。

她闭上眼。

或许可以提醒一下特普,有威尔逊这么个人,她说。会让他高兴的,又能多搞些暗杀了。我说的是亨利·威尔逊,知道是谁吗?

呃——理查说。

轻骑兵,布尔战争指挥官,一战的帝国总参谋长,坚定的爱尔兰统派,共和党人在他家门口杀了他,这就属于在爱尔兰内战已经烧着的导火索上浇了汽油。但这些你是知道的,对吧?还有什么呢?(帕蒂开始跑野马了,她在飞。)1922年。这一年,文学里一切已有的东西都碎了。稀碎。在马盖特沙滩上②。

---

① 迈克尔·柯林斯(Michael Collins),爱尔兰独立运动的革命领袖,1922年被《英爱条约》的反对者枪杀。
② 语出 T. S. 艾略特《荒原》(1922)第三节。

没错，他茫然地说道。

我想说的是，她说。这一切，摊在一个盘子里，*就是天赐的故事*。真实的人偶然来到同一个地方，彼此毫不知情，没有见过。如此接近地擦肩而过。相距咫尺。这本身就很精彩。但他们中的一个被战争机器夺走了弟弟，另一个几乎被战争夺去了理智。而他们写下的东西让一切都变了。他们打破了模子。他们是现代人。左拉和狄更斯这样的作家把衣钵传给了曼斯菲尔德和里尔克这样的人，两位伟大的无处为家的作家，伟大的异类。她是新西兰人，他呢，是哪里人，奥地利人？捷克人？波希米亚人？

他在书里感觉很波希米亚，理查说。

不是那种波希米亚，她说。听着。大英帝国和德意志帝国像两块巨大的磨盘碾压着对方，上百万的人已经死了，下一场战争里还要再碾死几百万人。这可能是个大作品，杜布迪克。真的可能是个大作品。告诉特普。对帝国旧日荣耀的怀恋。你们可以发掘一下这个点。

我明白了，他说。好。

而这一切的背后，帕蒂说。是山，是山所能意味的一切。

这是什么意思，山意味的一切？理查说。

在他们那个瑞士村庄里可不容易，上帝又大又尖的鲨鱼牙齿包围着他们，就好像他们是一张血盆大口的舌头。在瑞士，所谓的中立区，空气里弥漫的也是下一波帝国法西斯主义的孢子，就像弥漫着西班牙流感。

是的，理查说。没错。

（天啊，他一边说一边想。

没有她，这个世界怎么办？

没有她我该怎么办？）

这才是开始，她说。还会有更多东西。还有太多太多东西了。我想一想。我去做些笔记，好不好，杜布迪克？

理查满心地如释重负，就好像刚刚有人在他体内某处打开了一个热水喷头。他很可能因为松一口气而漏水了。他低头看了一眼自己的衣服，想看看自己漏水了没有。没有。他又抬头看了看。

谢谢你，他说。帕蒂。你是最棒的。

但我不能为你把什么都做了，她说。

不，不，我没指望你这么干，他说。

他向她眨眨眼。她无动于衷，一脸严肃。

你和你的那些需求，她说。你想让我从坟墓那一边给你送来对故事的研究，死后的论文，里尔克这个，曼斯菲尔德那个，即便我那么办了你也会抱怨字不好看。

帕蒂，他说。

你得自己去思考，她说。

我很没用，帕，他说。你知道的。

不，你在把声音变成图像这方面一直都很有才，她说。

哈，他说。

（难怪他那么爱她。）

但你需要强硬起来，她说。比你现在更强硬。你需要做好准备，告诉特普哪里需要让步。

给我把那些笔记做了吧，帕，他说。

你可以随时回看你的旧笔记本,她说。

他们之间的老笑话。他们像小学生一样笑。先前让他进前门的双胞胎出现在门厅的拱门下面。

我们觉得你该走了,理查,他说。我们的妈妈看起来有点累。

暂定片名是什么?帕蒂说。

她说得就好像那个双胞胎不在那儿。理查也并不理会他。

和小说一样,他说。为了让人觉得,既然从一部许多人买了的书改编过来,那肯定错不了。

那小说叫什么?她说。

四月,理查说。

啊,帕蒂说。可不是吗。多好的书名啊。四月。

她闭上了眼睛。突然间她看起来真的疲惫极了。

他套上一只还湿漉漉的袜子,没有穿鞋就站了起来,他把鞋子从暖气片上拿起来,提着鞋子的后帮。

她桌上的一只手攥成了拳头。

我想再看一看的,是我们春天里开的那些简简单单的花,她说。

理查套上一只湿透的鞋子。从脚钻上来的寒气让他直皱眉。

原来人们把脚冷叫作怂①是这个意思,他说。

你想待多久就待多久,她说,两眼仍然闭着。你自己做

---

① 英文中,"怂"(get cold feet)的字面意思为"脚冷"。

点午饭。冰箱里东西很多。

　　我能给你做点什么吗？理查说。

　　哦，上帝，不用，她说。我什么也吃不了。

　　我们都弄好了，谢谢，理查。双胞胎说。

　　她一直闭着眼睛。她在桌子上方的空中挥动手臂。

　　想待多久都行，她说。走的时候把那些书带上。所有的几卷书信都带走。在字母 M 底下还有别的。书架上。

　　我不拿你的书，帕蒂，他说。我不可能拿你的书。

　　我又用不着了，她说。拿上吧。

还是 11 点 29 分。

理查吸了一口气。疼。

都怪凯瑟琳·曼斯菲尔德。

他有点怕,怕诗人里尔克的白血病要投射到他自己身上来了。

传说里尔克去了他亲手栽培、环绕着塔楼的玫瑰园,采了些玫瑰,一位美丽的女人从埃及来看他,他因此想用玫瑰迎接她。但花枝上的一根刺扎上了他的手或者胳臂。这小伤口没能愈合。胳臂感染了。另一只胳臂也肿了。后来他就死了。

而他写过那么多关于玫瑰的诗——其中颇有些反讽,连理查也看得出来,虽然理查实际上没怎么读过里尔克的诗,他在今年之前都没听说过这个诗人。现在,他既然在网上钻研过一点里尔克,他必须得说——如果帕蒂还在的话——自己实在有点搞不懂。树怎么能长在耳朵里呢?地方不够。

里尔克这个人听起来倒是个挺可爱的精明人,至少从理查钻研的那本小说和那些网站来看是这样的。只要有女士来访,不管什么时候,他总要在这期间挑个时间,十分隆重地站在女士面前，为她朗读一首诗，在她离开之前还要同样隆重地把这首他为她读过的诗呈送给她，亲自手抄、题赠给她，她离开塔楼的时候，就会想着这首诗是专门为她而写的。实际上这些诗或许已是几年前的旧作了，里尔克死后，几位女士发现他用旧诗在她们这里变废为宝，有时候同一首诗还给了好几位女士，这让她们都失望极了。

但对女人的魅力的确为他打开了不少门路，里尔克显然不怎么阔绰，身为诗人又需要各类金主和"女金主"多加照拂（能这么用"女金主"这个词吗，这么说是不是不够女性主义？会不会让女性恼火？）他尤其喜欢去富人那里做客，寄住在辉煌的豪宅和城堡里面。谁又不喜欢这样呢？

但那根玫瑰刺。给女士们的诗。魅力。

传说什么的。

理查逃避的就是这类东西，是吧？

理查突然觉得一阵恶心。

多半是要吐了。

（这是白血病的表现吗？）

他张望四周，寻找垃圾桶。他不想吐在这么悉心打扫过的站台上。

这样一来，他想象中的女儿在他耳边说。你大概不会吐了。真要吐的话，你不会去想在一个地方吐究竟行还是不行。耳朵对树来说也够大了。耳朵里的树。血里的玫瑰。就看看我住的地方吧。

他又看了一眼时间。

11 点 29 分。

那钟坏了吗?

一分钟真有这么长?

那个坏了的钟是在他身体里面吗?

他走出车站,走在它前面的空地周围,边走边寻找一些真实的东西,好让注意力从另外的一些现实上移开。

那边有个高耸的石头建筑,也许是战争纪念碑。他要过去读一读它侧面的死者名字。

但上面没有死者的名字。

嵌进石头的牌子上用金字写着:

麦肯齐喷泉

彼得·亚历(山大)·卡梅伦·麦肯齐
塞拉拉戈伯爵
赠予家乡
泰洛溪
由塞拉拉戈伯爵夫人
兴建
1911 年 7 月 21 日

一个古老的饮水喷泉,里面没有水。

他围着喷泉绕了几圈。他又读了一遍牌匾上的字。真奇怪。苏格兰遇上葡萄牙,是葡萄牙吗?还是南美?他摸了摸手机,想查一下。

没有手机。

于是他穿过空地,走到车站前面的咖啡车边上。

苏格兰 咖啡
来一杯
好意

窗口没有人。他敲了敲车的侧面皱巴巴的铁皮。

出来了一个女人,就好像一条毛毛虫溜到前边的座位上,脑袋先撞到了地面。她站起来,出现在窗口,看上去很为自己不得不站起来而恼火。她看起来刚从睡眠中惊醒。她似乎穿着条睡袋;她拉起睡袋护着胸。

嗯?她说。

今天忙吧?他说。

她茫然地看着他。

我吵醒你了吗?他说。

言外之意是我睡在这车里?她说。

他脸红了。

所以我能为您做点什么?她说。

她并不像他起初想的那么年轻。她的两眼四周发暗,脸看起来更沧桑、更显疲态。50岁?她看出他在给自己归类,嘲弄地看了他一眼。

我刚想问你能否告诉我去附近的公共图书馆怎么走,他说。我敢说那边的喷泉不喷水了一定让你宽心不少。它肯定影响你赚钱了。我感兴趣的是它侧面的牌子。我是说,塞拉拉戈跟这儿能有什么关系?

图书馆关了,女人说。

理查一脸悲伤地摇了摇头。

我们这是一个什么时代啊,他说。什么样的文化会不让人获取知识?什么样的文化会让那些买得起信息和知识的人比其他人更容易获取知识?这简直是关于极权的科幻小说里才会有的事。要在 70 年代,这能拍成一部好片子了,我那时算是个拍片子的。报应。我现在还拍片子。但现在不一样了,哦,太不一样了。哪怕我们告诉那时的人现在的事,都不会有人相信的。我是说,这是诸神的黄昏。

不。这是金尤西,她说。

不,理查说。我是说这是世界末日。我说的是图书馆的倒闭。

不是*倒闭*的闭,女人说。是周二闭馆。

哦,理查说。

明天开,女人说。

啊,理查说。

还要别的吗?女人说。

不,不了,理查说。不,谢谢。除非——

女人挑起眉毛等着。

我猜你这没有柠檬,他说。

柠檬水?女人说。

不,柠檬,就普通的柠檬,他说。

没有,抱歉,我们没有这类东西,女人说。

哦没事,那我要柠檬水吧,他说。

没有,我们其实没有柠檬水,女人说。我们不常备柠檬水。

哦。好。那我要一杯浓缩咖啡,理查说。

对不起,今天车里没有热水,女人说。

啊。好吧。一杯苹果汁,苹果汁有吗?他说。

没有,女人说。

好,理查说。那就请只给我一瓶水吧。

女人笑了。

总让我觉得好笑,在苏格兰还要买瓶装水,她说。

白水①,理查说。

还这样,女人说。

气泡水也行,如果只有气泡水的话,他说。

哦。我们不卖水,女人说。

好吧,你们有什么?他说。

实际上车里今天什么也没有,女人说。

那你为什么开张?他说。

他示意窗口。

为了通风,女人说。新鲜空气,拿走不谢。

她准备走了。

美啊,那边的山,理查赶紧说。但是人的尺度的壮美,比起,比如说比起瑞士那些地方。

哦,可能吧,女人说。

住在这种美得没那么可怕、更亲切的大山中间,肯定很

---

① Still,既指非苏打水的白水,在这个语境中也可以理解为"还是这样""一直这样"。

不错,他说。

亲切?女人说。你真好骗。亲切的凯恩戈姆,在那里有一百万种可怕的死法。

真的?理查说。

极端天气下的暴露,还有风暴,雪暴,女人说。风洞能把你吹个四脚朝天,吹进雪堆里永远爬不出来。一年里随便哪个月份都可能有突发的雪暴。盛夏也一样。密不透光的雪茫,雪崩。一旦突然变天,人就会迷路。从天突降的大雾,哪怕几英里之外还很晴,我是说,莫利赫湖边的人可能还在晒日光浴,这里或许就是霜冻冰封,你可得明白几英里之内都没有地方躲,没有房子,没有路,雪能落得快极了,光在深雪里跋涉就能把你累趴下,雪能没过你的腰。春天解冻的时候,看上去细得不起眼的溪流有可能变宽,变得汹涌极了,还有一种危险,就是把全身的体重压在地面上方,你以为是地面,实际是深水上的融冰,对,这样淹死过不少人,还有四五月可能刮起来的那种风,能把灌木和小树连根拔起,迎面向你甩过来。

天,理查说。

女人看了看他,眼神里带着嘲弄。

天,他又说。

对,女人说。美,倒是没错。

是。好吧。谢谢,他说。

他转身要走。

是为了马建的,女人说。为了奶牛。当地的牲畜。

你说什么?理查说。

麦肯齐喷泉，女人说。据说从前水能喷得高极了。

哦，理查说。好。

好得很，女人说。再见，保重。

她灵巧地钻进车的前排座位，身上还裹着睡袋。

理查在空荡荡的停车场站了一会儿，又回到车站。

11 点 37 分。

他穿过车站来到站台。他重又站在了空荡的站台上。

他设想自己走过桥，站在另一边。

算是个拍片子的。

自己说话的声音在耳边让他反胃。

*报应。*他说的话令自己反胃。*塞拉拉戈跟这儿能有什么关系？*

他吸了一口气。疼。

他呼出一口气。疼。

当火车下次经停这一站的时候，他要溜进车和站台的空隙，把身体横铺在这些挨着车轮，悉心打理过的干净铁轨上，让他给自己预订的那节车厢以势不可当的前进的重量为他做个了结。

哦空无啊空无。

群山耸立，如凝固的海浪，在车站中的人和小镇的群屋之上。

她死后一周,《卫报》上登出了一篇讣告。是双胞胎里的一个写的。帕特里夏·希尔(婚前姓哈迪曼),1932年9月20日—2018年8月11日。

她曾经的本名是帕特里夏·哈迪曼。他完全不知道。

他们没想到要叫她帕蒂,那是她在演职人员表里用的名字。他们只列出了他俩共同制作的17部作品里最知名的两部:《问题之海》(1971)和《安迪·霍夫南》(1972)。这两部广受好评、影响深远的早期实验剧在BBC《今日剧场》电视时段播出;《问题之海》捕捉到了后来北爱尔兰和平运动的一些先声,而《安迪·霍夫南》则是英国最早一批尝试表现三十年前大屠杀当中人们真实际遇的电视剧作品。

《问题之海》:从碧雅翠丝·波特到汽油弹。在那之前,基本没有什么关于北爱尔兰的片子;之前几年威克拍了一个系列,但几乎一点也没有播出。风险太大。在《问题之海》中,他们让摄像机模仿人的眼睛,在真实的人中间移动,记录他们真实居住场所的生活片段和日常说的话,为了匿名和安全,从不拍摄他们的脸,而是在他们谈话时拍他们四周的东西,捕捉他们怎样使用双手,他们的香烟升腾起的烟雾,厨房桌上或壁炉架上的东西：念珠，马背上的国王的图片，桌子上塑料贴面的花纹，黑约翰牌香烟包装上画的水手，满着的或空了的烟灰缸，杯子，碟子，炉子上的水壶，擦洗干净的陶瓷水槽，伸出窗外爬上花架的香豌豆，头巾下面卷了发卷的头发，封锁线上波纹铁皮的锈迹，后门边钩子上的警棍，折叠齐整的旧三角布条放在农场外楼的一块砖头后面。

一名士兵从上往下拍打着一个身穿牛仔裤和衬衫的长发少年的双腿。一名士兵向八九个妇女挥舞着金属棒。孩子的两条腿在远处铁丝网另一边的路上穿行。

人们在议会中谈论着这部片子。人们从中得到的了解比从报纸上的一千篇报道还要多。它 *预见了*流血星期日①。(虽然不管什么人，只要长了一只眼睛和半个脑子都能 *预见到流血星期日*——在之后的那一年，有家报纸的一个评论员提到了《问题之海》的预见性，而帕蒂如是说。)

她的第一部实验性纪实电视剧。也是有史以来最早的纪实剧之一。他的第一部真正的作品。他的第一部真正的好作品。而帕蒂现在在天堂里安稳地死着，就像当时的碧雅翠丝·波特对他们来说一样。

《安迪·霍夫南》：20世纪60年代末，在威格摩尔音乐厅的一场贝多芬音乐会上，帕蒂坐在一个人的旁边。他说，

---

① 流血星期日是1972年1月30日发生在北爱尔兰伦敦德里的一次流血冲突，平民抗议反对进入北爱尔兰的英国军队对当地武装分子的拘禁，遭到军队开枪射杀，造成14人死亡。

*An die Hoffnung*①，并对她笑了笑。她以为那是他的名字，并跟他说了自己的名字，然后她在节目单上看到那是其中一首曲子的标题。

之后他们一起去吃饭了。（他们或许一起睡了。）他几乎没跟她说过任何自己的事。犀利如箭镞的帕蒂则收集了大量的信息。他是一半德国人，一半英国人，他被两个国家里最坏的那些人骗惨了，在他们的手里失去了许许多多，家人、朋友、家，都没了，诸如此类。但他是我见过的最满怀希望的人，她当时说。我不是指天真的希望。我是指深刻的希望。跟他交谈，我意识到真正的希望实际上和缺乏希望有关。

这怎么可能呢？理查说。

（理查嫉妒了。）

我不知道。但我自己在那里也得到了希望，这也很能说明我自己世界里的一些问题，杜布迪克。

这个贝多芬男人在他们去的一家俱乐部里握住了她的手，就好像要给她看看未来，给她算命，但他没这么做，而是表演了他印象里小时候看过的查理·卓别林电影中的一个场景，在这一幕里，卓别林握着一个女人的手，看着她手腕上的纹路或是她的手，对她说她将有多少个孩子。他数着。他说她会有 5 个。然后他看着自己手腕上的纹路，数着，数

---

① 《致希望》（Op. 94）是贝多芬在 1815 年基于同代诗人克里斯多夫·奥古斯特·蒂德格（Christoph August Tiedge）的诗歌《乌拉尼亚》（*Urania*）创作的艺术歌曲。

出25个、30个、35个，更多。

然后他发出那种无声的笑，她说，他在模仿笑得像个孩子的卓别林。

他叫什么？理查说（他嫉妒）。你和他睡过不止一次吗？他行吗？后面这些话他只在脑子里面说了。自那以后，每当她提起，哪怕是顺便提起任何跟查理他妈的卓别林有关的事，他都知道她在想着，在暗指那个安·迪·霍夫南，看似秘而不宣，看似除了她自己没人知道她在想什么，完全不知道理查对她的心理一清二楚。

她花四周写好了剧本。剧本很有创意，在不讲故事中讲故事。一个受伤的人以一种开放的姿态在伦敦游荡。基本就是这样。霜，雾。没有什么东西向他开放，尽管他所触碰的一切都或多或少地打开了。他坐在厨房里，举着一张明信片，是战争之中不知哪个营地的人寄来的。

这里挺好，扮演安迪·霍夫南的演员对着镜头说。

他正读出明信片上的内容。

但你看，他说，她写的是，*但我真希望我和欧律表兄在一起*。欧律是我们之间指代地狱的一个暗号。欧律狄刻，一个死魂灵。她说的是她宁可死了。

这是战争在剧本当中唯一显露的一次。其他一切都缄默地流动在伦敦的人行道下，在街上一度存在的房屋之间的缝隙里，战争纪念碑上的石阶，河边的泥土，那含混地拍打着两岸的泰晤士河，公共美术馆5点钟关闭的高高的门，衰弱的光线下停放的汽车，市集结束后的市场，摊位不见了，只剩下些破箱子和白菜叶。在2月的黄昏里，他把水沟里的一颗萝卜踢到街道的尽头。

希尔（婚前姓哈迪曼）。

理查合上报纸，把它叠了起来。

帕蒂闯进了他的脑海，就像那第一天她闯进倒吊人的门。哦。哦，她那么迷人。比他大，整整大了一个17岁女孩那么多，而且其实对一个二十多岁的男人来说，随便一个年长女性都迷人得很，但她还要迷人得多，那么自在，那么不可方物，从一开始就属于没法归类的那类人。（他告诉她这一点时，她说，*没有什么没法归类的一类人，没法归类就没法成为一类，你这个傻子。*）看看她吧，抽着烟就好像她根本不知道自己手里拿着根烟，用她那种满不在乎的样子，坐在椅子里或靠着椅背，或向前俯身，直到她开口说出直中要害的话。她每次都能说对。不费一点力气。就像她完全知道该拿一个故事怎么办。就像她坚守一段婚姻，一份工作，把双胞胎养大，然后婚姻破裂了，这不知怎么又让她更加地无所挂碍了。当他自己的婚姻在20世纪80年代的末尾分崩离析，他自己也跟着分崩离析的时候，他会在她的沙发上待上一个月。她会在他的妻子和孩子走后帮他重整房子。她会帮助他重整自我。

他从没有见过她这样的女孩。好吧，女人。她不仅仅是个女孩。

（如今这么说是不是很不礼貌？他不知道。）

第一次，在倒吊人，他坐在她对面的时候，揣度着他们最后会不会睡在一起。（如今这么揣度是不是很不礼貌？）他们睡了。这无关紧要。这是他唯一一段无关紧要的性关系。他们两个人超越了性。这么多年来他睡过的人,在帕蒂之前、在帕蒂之后睡过的人,甚至是他娶的女人,都来了又去,而不知为什么帕蒂还在。

叙事策略和现实之间是有区别的,但它们也是共生的,她在70年代的一天对他说。

他到她家里来了。那是一个淡淡的春夜。他们之前一直在她厨房里听收音机里的新闻。马奎尔七人刚刚被判刑①。(之后他们的定罪将被撤销,在那之前,他们加起来要在监狱里服刑73年,然后他们当中还活着的人将被释放。)帕蒂刚刚说的那句话跟马奎尔七人的判决有关。但他怎么也想不明白她的意思。

他说:什么加起来?他们什么?

她笑了起来,这是她很久以来第一次大笑,她笑得那么开心,这让他不再觉得受伤,也开始笑了,他们笑着投入对方的怀抱。事后她说,

我和所有其他人一样,都享受好好地干一次,杜布迪克,刚才那次真不错。谢谢。

1976年4月1日。

然后这类事就没再发生了。他们继续着他们的工作和生活。

---

① 1974年10月5日,临时爱尔兰共和军在英格兰吉尔福德的两家酒馆实施爆炸,同年警方在调查中逮捕了马奎尔家中的七人,错误地指控他们为临时爱尔兰共和军袭击制造和供应炸弹。他们在1976年春被判有罪,判决将于1989年被推翻。

去年4月。*最后*一个4月。她去世的四个月之前。尽管显然,这时候还没人明确地知道这件事。

这时大家都知道的是,这天是自理查出生那年以来最热的四月天。广播和电视上是这么说的,就好像那一年久远得不可想象,是另一个年代了。

好吧,也确实是这样。

他到马浦林商店买一根记忆棒①。马浦林这家连锁很快就要关张了。*所有东西一件不留*。整个地方看起来像被打劫了。他问一个人——胸牌上写的是店长——店里还有没有记忆棒。那人摇摇头。理查这才注意到他的黑眼圈和眼周红色的眼睑,他发现得太迟了。一个人干得不错,升到了店长,而现在都毫无意义了,最终落得一场空。

他所熟悉的那种生活终结了,而我还在问他一个破记忆棒的事。我真棒,理查一边想着,一边走出了那家破败的商店。

他在非自然的热浪里沿着人行道走着。

---

① 也即U盘。

他走到了帕蒂家，对她说，我真蠢。我是世界上最缺根筋的一个蠢蛋。

帕蒂现在只剩下了一把骨头。她的怒火也几乎都烧光了；她对几天前还让她震怒的事情的看法也变得哲学了。

就在几天前，她还在为英国政府和爱尔兰的事震怒。

他们可能不知道自己在做些什么，她说。也可能他们完全知道自己在做什么。我不会原谅他们的，知道那是怎么回事的人都不会原谅他们的。去挑起一些古老的仇恨。

她也曾为其他的事情震怒。

哦，我理解英国脱欧的，她说。这么多人出于各种原因被惹怒了，才去参与民主投票。我不理解的是帝国疾风号①。我不明白的，百思不得其解的，是格伦费尔塔公寓楼②。帝国疾风号，格伦费尔塔，它们不是历史的注脚。它们就是历史。

整个历史都是注脚，帕，他说。

联邦共荣③，她说。谎话连篇。这么大的所谓联合王

---

① 帝国疾风号（Windrush）是 2018 年 4 月发生的丑闻。1948—1971 年间，大量移民从英联邦国家抵英，史称"疾风一代"，但因抵达时依据 1948 年的国籍法，被承认为英国公民，因此没有办理过在英的合法居留旅行证件，保守党执政下的英国内政部又在 2010 年决定将"疾风一代"抵达英国的抵达入境登记卡全部销毁，此后，在英国打击非法移民的浪潮中，不少终生在英国生活的"疾风一代"受到严重影响，还有人被驱逐出境。
② 2017 年 6 月 14 日，位于伦敦北肯星顿的 24 层公寓楼格伦费尔塔（Grenfell）发生大火，有人认为这里早就存在火灾隐患，没有及时解决主要是因为居民大多是穷人。
③ 这里把英联邦（Commonwealth）拆分成了 common wealth，即字面意义的"共同财富"。

国,怎么没有人抗议?在我人生中的任何一个时候,这种事都能让政府倒台。这个国家的好人们有一个算一个都怎么了?

同情心疲劳了,理查说。

去他妈的同情心疲劳,她说。是因为人看似活着但是灵魂死了。

种族主义,理查说。合法化了。所有的报纸、那么多的屏幕都在全天候地把分裂合法化,拜不绝如缕的新开端之神所赐——这个神我们叫它互联网。

我知道人会有分裂,她说。一直如此。但过去的人,现在的人,都不会不公平。即便英国的种族主义在不公平的事情上也会让步。

你一辈子没有经历过什么风雨,理查说。

真可笑,她说。我是爱尔兰人。我在20世纪50年代是爱尔兰人。我是爱尔兰人,当时在伦敦当个爱尔兰人就像当黑人*和*当条狗一样。我把英国人看得太明白了。20世纪70年代我也是爱尔兰人。记得吗?

我记得,他说。我老了,跟你一样。

双胞胎里的一个出现了。

别激动,妈妈,双胞胎说。理查。求你。别撺掇她聊唐纳德·特朗普。

我们没在聊特朗普,理查说。

我们绝对没他妈在说特朗普,帕蒂说。那个煽动家自恋狂想让我们做的事,我们永远一件都不要做。

别了,求你,理查。双胞胎说。也不要聊什么气候变化，右派崛起，移民危机，英国脱欧，帝国疾风号，格伦费尔塔，爱尔兰边境问题。

你开玩笑吗？理查说。那就没有什么能惹她生气的了。

别叫它移民危机，帕蒂说。我告诉过你一百万次了。他们是人，是一个个不畏艰险横渡世界的人。乘以六千万，全都是一个一个的人，全都在横渡世界，克服着一天比一天糟的境况。移民危机。你还是个移民的儿子。

理查，双胞胎说，就好像他的母亲没在屋里。我说真的。如果你一过来我们的母亲就这么激动，我们就不得不请你不要再来了。

你他妈把我杀了吧，帕蒂说。

你一来她就很暴躁，双胞胎说。

我没暴躁，帕蒂说。

你每次一来，我们就完全没法给她用药了，双胞胎暴躁地说。

可太他妈对了，他们没法子，帕蒂说。

杀了她：

他们用药夺走了她的生命。

但她*老*了，她*病*了，她*该*走了，她已经*没有真正的生命质量*了。吗啡让她变了个人：这周她还全是事实、金句、精气神。下周，*什么声音在叫？我的耳朵里全是叫声*。然后她跟不上对话了，然后她愁容满面，像是丢了什么东西，而她想不出来丢了什么。

但她从没停止使用那些大过了房间里所有人的词。

我们这儿不要有那种精神的自我膨胀，她临终时说。

她从没停止过真正的在场,即使是在打点滴的谵妄之中。*他们都忘了帝国疾风号是一条河,而河往往会从源头生长,引向更多的河,然后变得像海一样大。*

她真的需要打这个点滴吗?理查对双胞胎说。

双胞胎请理查离开房间。

然后双胞胎让理查离开房间。

门关上了,门外,另一个双胞胎坐在楼道的一把椅子上。他盯着自己的脚,或者说,盯着地板上的木板。要经过他,你就得多加小心,以免把他撞下楼。

她真的需要打这个点滴吗?理查问另一个双胞胎。

我能做什么呢?他说。我没有发言权。我不能跟他说该怎么做。我是最小的。

小了四分钟,理查说。而且你都成年了。你都五十多岁了,醒醒吧。

双胞胎盯着木板。理查从他身边经过,没有很小心,然后回到了公寓。

十天后,他在《卫报》上读到:

帕特里夏·希尔(婚前姓哈迪曼)。

但那是以后的事。这时还是4月。

他跟她讲了马浦林店里那个男人的事。

所有东西一件不留,她重复着这句话,就好像这是一句诗。

而我还问他记忆棒的事,他说。我是这世上最笨的人。

记忆，傍①，她说。这就是给你的一句话。好吧，也是也不是。我是说记忆。它是不是傍着你取决于吗啡，吗啡让很多东西都变得黏糊糊的，很多东西就都黏糊糊地傍着你。其中大部分是屎。

她笑了。

他们为什么要给你打这个？理查说。你痛吗？

一点也不，她说。

我之前以为人到了最后一步才要打这个，理查说。你离那还早呢。

谢谢，她说。

已经在门厅里晃了一会儿的那个双胞胎焦躁起来。

你能现在走吗，理查，他说。

我才刚到，德莫特，理查说。

帕蒂看着那个双胞胎。

这一代的孩子不知道他们会死，她说。

妈，双胞胎说。

死是件有好处的事，迪克，帕蒂说。是一份礼物。我正看着特朗普，我看见他们所有人，新世界的暴君，所有群体的领袖，种族主义者，白人至上主义者，滔滔不绝地煽动民意的人们，全世界各地的暴徒，而我心里想的是，所有这些坚实的、太坚实的肉体。它们都将融化，就像5月的雪。

她说着这一切，眼睛还在看着那个双胞胎。

---

① 记忆棒（复数）原文为"memory sticks"，同时 stick 一词也有动词含义，意为"粘""贴"。

我去拿个勺子，马上回来，妈，双胞胎说。别待太久了，理查。她今天非常非常累。

双胞胎转身消失，去了厨房。

帕蒂转向理查。

他们想让我死，她说。

她说这话的时候不带一丝怨气。

顺理成章，她说。故事的走向就是这样。很自然，杜布迪克。孩子们啊。我应该感谢上帝，他们终于在一件事上达成了一致。

她闭上眼睛，又睁开。

家庭，她说。

至少你有过一个家，理查说。

是，她说。我有过。可你也有过。

多少算是吧，主要还是多亏有你，他说。

她摇头。

讲实话，我真希望我家的情况能跟你家有点像，她说。

哈，他说。好吧。外面的天气真是疯了。你什么也没错过，帕。这是我记忆里最差劲的一个春天。两周前雪下到了这么高。零下七摄氏度。现在又是这样。二十九摄氏度。

你错了，她说。这是我经历过的最美的春天之一。植物们迫不及待地要活动起来。那么冷。这么绿。

因此能否请您在最迟 9 月 18 日星期二晚上之前给这一地址发邮件，分享您希望我们在 21 日的发言中加入的关于我们母亲人生的任何好的故事或者小事我们将尽最大努力囊括这些内容非常感谢也请将您可能会有的任意一张老照片扫描并发送给我们我们不胜感激因为不幸的是我们的云存储丢失了很多老照片我们的母亲从手机中删除了照片它们也在 iCloud 中自行删除了到目前为止照片原件还没有出现。另外请原谅这封邮件是群发的有很多事情要安排敬请理解，vbw 德莫特和帕特里克·希尔。

他问他想象中的女儿，vbw 是什么意思？

意思是乌龟王八蛋，他想象中的女儿说。①

他按下回复键。

主题：回复：纪念帕特里夏·希尔。

他删除了名字和"纪念"这个词，然后输入：*的故事*。

但他实在难以把她的名字写到主题框中"的"和"故

---

① 这里把 vbw——very best wishes（祝好）——的不常用简写故意曲解成 very big wankers，提示这封信和这个简写本身的轻慢和粗鲁。

事"几个字前边。

他在正文框点了下光标。

    主题：的故事

亲爱的德莫特和帕特里克：

    谢谢你们的邮件。从事写作的是你们的母亲，而不是我，所以请原谅，在我发给你们的这个故事，这个试图表达她对我的意义的"故事"里，无疑会有一些表达不当的地方。当然，我简直能发给你们上百万个故事，以说明她对我、对世界有过什么意义。但我只讲一个吧。三十年前，我的婚姻破裂了，我的妻子和孩子离开了这个国家，并且故意彻底地离开了我的生活，很长一段时间里我都十分消沉。有一天，你们的母亲提议让我"带"我的孩子，去看些话剧或电影，或者带她去度假，或者去看艺术展——当然了，这些东西大致来说，就是你们的母亲想清楚了，想让我自己努把力去看看的。我说："但怎么个带法？"她说："发挥你的想象力。带她去看些东西。相信我吧，无论你的孩子在这个世界上什么地方，她也会想象你的。所以你们就在想象里相见吧。"我笑了。"我是认真的，"你们的母亲说，"带她去看些东西。告诉她，每次你们真的去看了些什么，或者去了一个什么地方的时候，就给我寄一张明信片。这样我就知道你把我的话当真了。"我那时觉得你们的母亲是好心，但主意本身很傻。但出乎我意料的是，我最终就是这么做的，"带着"一个想象中的女儿，去看我本来不会去看的东西。《阿卡狄亚》①、《猫》，所有这些大制作。我在海沃德美术馆看了莱昂纳多的作品②，在皇家艺术学院看了莫奈，还有现代艺术，霍克尼，摩尔③，我看了太多莎士比亚了，千禧年的时候还去看了千禧穹顶的演出。在世界各地的电影院、剧院、画廊和博物馆里，我看的电影和演出不能尽数，但我没有一次是一个人，这可能看起来很奇怪，现在对我来说也还是很奇怪。这要感谢你们母亲的馈赠，她天才的想象力。

他通读了一遍。

他立刻鄙视起自己来，因为他使用了过去式的"有过……意义"。她对我有过什么意义。

他把这句改成"有什么意义"。

他鄙视自己一口一个"你们母亲"。

他最鄙视自己把帕蒂简化成了一个小故事。

这里面没有什么是他不鄙视的。

他全给删了。

没了。

他又读了一遍他们的邮件。

他想到那些在云中遗失的照片。

---

① 汤姆·斯托帕德创作于1993年的剧作。
② 伦敦的海沃德美术馆建成于20世纪60年代末，位于泰晤士河南岸的艺术中心。莱昂纳多应指达·芬奇。
③ 指当代艺术家大卫·霍克尼与现代主义雕塑家亨利·摩尔。

帕蒂喜欢的那首关于云的诗是什么来着？喜欢过的。那首诗把"坟丘"和"笑"两个词押韵了。①

他在邮件正文里写：

亲爱的德莫特和帕特里克：
　　如果可以的话，我很想在帕蒂的追悼会上朗读她曾一直喜欢的那首写云的诗，以此纪念她。整首诗可能太长了，但我可以，比方说，只读其中的几节。请告知是否可以。谢谢你们。

为了逗自己，也为了逗他想象中的女儿发笑，他加上一句，

　　vbw，
　　理查。

他给帕蒂寄的最后一张明信片就是云彩的卡片，是夏天在皇家艺术学院的展览上寄的。他去看这个展览，是因为这是帕蒂喜欢过的一位艺术家；帕蒂有一本她的书，里面全是被人丢弃的照片，是这位艺术家从跳蚤市场或是破烂小店找来的。这些照片有的特别好，有的只是普普通通，有的就差到离谱，要么模糊不清，要么拍照角度很糟糕，拍些你根本

---

① 出自雪莱《云》（1820）："我默默地嘲笑我虚空的坟丘。"（"I silently laugh at my own cenotaph."）

想不到会有人觉得值得拍成照片的人物、地方、汽车、动物、树木、街道、混凝土建筑。

艺术家把这些照片重新编排起来，做成一本照片画册出版，让这些照片得到了重要摄影作品才配得到的那种艺术上的关注。这让这些照片发生了一些奇妙的变化。它们曾经有过的，对于照片中的人或拍摄者的意义，不管是些什么，已经悉数消失。这些照片从旧日的个人意义中解放了出来，不仅能作为它们自身得到观看，而且好像成了让观看它们的人看到世界真正面貌的一种方式。

一个在雪地里靠墙笑得直不起腰的穿冬装的女人。栅栏边上一个阴郁的男人，边上是一棵被风吹倒的树，树上靠着一架梯子，栅栏上还有一根断了的粗枝。郊区的后院里，手上立着一只鹦鹉的女人，两个女人在看，一个在桌前，一个从院子后面房子的窗户里。阳光下水管喷出一条弧线，底下站着一条狗。池塘上一艘红色脚踏船里，一个高大的男人和一个小孩，两个人都对着镜头笑。雪地上休息的一只张开双翅的红色蝴蝶。

当他在城里各处的海报上都看到这位艺术家的名字时——不知因为什么原因，这年夏天，伦敦各大美术馆都同时举办了她的展览——他决定去看一场，给帕蒂一个惊喜，因为这是他自己知道要去的，而不是别人叫他去的。

他给检票的人看了票（很贵）。

他推开旋转门。

他走进美术馆，屋子闻起来很新，到处挂着云朵的图片。它们是黑色石板上用白色粉笔画成的。

但让他在这个屋子里停下脚步的是一面墙，一整面墙上画着巨大的山，也是粉笔和石板。山那么大，以至于墙变成了山，山变成了某一类的墙。画中的山上发生着一场雪崩，正向每一个观看的人扑来，这场雪崩就在那一刻静止了，这样不管是谁看到它，都有时间去理解它。

山峰之上，天空一片黑色，黑得像是对黑的新定义。

他站在那里，看到的不再是石板上的粉笔画。那不再是一幅山的画面了。它变成可怕的东西，被人看见。

天啊，他说。

一个年轻女人站在他旁边。

天哪，她说。

我们能跑到哪去啊？他说。

他们交换了眼神，害怕地笑了几声，对着对方直摇头。

但他随后从山景之中后撤了几步，再次环视房间里的其他东西。墙上的云彩画和山景画用了一样的材料，这让一些别的事情发生了，而他直到晚些，直到他离开了这间屋子，走出美术馆，来到大街上，才意识到。

就在那壮观而令人屏息凝神的东西旁边，这些云彩画让呼吸的空间变得可能。看过了它们，伦敦上空真正的云看起来就不同了，就好像你可以把它们解读为喘息的余地。这也使它们下边的楼房、交通、道路如何交叉，人们在街上如何路过彼此，都一一发生了变化，所有这些都被纳入了一个结构，一个并不自知但照样存在的结构。

他坐在美术馆后门的台阶上，把一张画着那座山的明信片翻过来。塔西塔·迪恩，《蒙塔峰的信》，2017年，黑板粉笔画，366cm×732cm。他把它拿在手里——就好像你*能*把那么大的一张画拿在手里！——用笔圈出了尺寸的数字，这样帕蒂就会对照片原本的大小有些概念了。他写了帕蒂家的地址，又在艺术家的名字上面写道，*一座山所能够意味着的一切。很愉快。希望你也在。*

然后他改主意了。

他把那张山的明信片塞进后裤袋。

他转而在他买的一张最长也最大的明信片上写下地址，卡片上是三张相连但又彼此独立的、扩大中的云团的图片。在这张卡片上，几张图片共同作用，就好像动态的逐帧电影画面，又好像静止的剧照，像窗子。她会喜欢这一张。塔西塔·迪恩，《保佑我们的欧洲》（三联画），2018年，石板上的喷粉笔、水粉和炭笔，122cm×151.5cm，122cm×160.5cm，122cm×151.5cm。*亲爱的帕蒂。一封云中的信。很愉快。希望你也在。*

他贴了两张一等邮票，以免少付了钱，然后慢悠悠地跑到皮卡迪利大街附近的邮局，这样就能赶上最后一次邮政取信，明天就到了。

现在他坐在里屋的桌子边上。

9月。

帕蒂是碎石块，是灰烬。

他看了看他刚刚发出的邮件消息。主题栏仍然写着"*的故事*"。

（所有的明信片里，我最喜欢这一张。几年前的一天，帕蒂举着一张图画，上面是罗马的一座桥，对他说。

哦，那张，他说。是的。我记得。

她把他在背面写的内容读了出来。

亲爱的帕蒂，我父亲在哭，因为那个往常在这座桥上吹萨克斯的老人，头上顶着一个手工做的小罩子，那个罩子就像单人乐队里头一件额外的乐器，固定在他的肩膀上，就好像在炎热的国度，荫翳必须也成为乐团的一部分、一件乐器，这个老人今年不在了，和他的小罩子还有别的一切，全都不在了，另一个年轻一些的人正在他的位置上，对着扩音器弹着魂克吉他①。还有些日子里那儿根本就没人演奏。我父亲是个多愁善感的老傻子。但这事你已经知道了。他每天都让我回来查看这座桥，看那个吹萨克斯的人回来没有。除此以外，我们都过得很愉快。希望你也在。

这些我都留着呢，你知道的，她说。我有时会坐下来读这些卡片，一张一张地读。或者我会洗牌，抽一张。就好像塔罗牌的今日运势。)

"的故事"。理查好奇所有这些来自他们想象中孩子的卡片会得到怎样的处置。

垃圾桶。

他耸耸肩。

---

① 魂克吉他（funky guitar）是兴起于20世纪60年代末期美国的一种音乐类型，它不注重和弦、旋律与和声的变化，有自己特有的和弦类型，并更强调令人舞动的节奏。

他正这么想的时候，收件箱出现了一封邮件。

　　主题：回复：我们母亲的追悼会
亲爱的理查：
　　很抱歉但只有至亲的家人会在追悼会上发言。我将转达关于诗歌的建议谢谢你但日程已经很满了。有望成为非常特别的一天。期待周五见到你，vbw 德莫特和帕特里克·希尔。

他坐回椅子上。
别去了，想象中的女儿说。
咱们怎么能不去呢？他说。
咱们不需要去，她说。
我不能不去。我必须纪念她，他说。
那就做一些真正能纪念她的事，她说。

10月的一个周六晚上,那是他坐上北上的火车——他天真地以为坐上去别处的火车就代表他能逃离自我而幸存下来——之前的几天,理查终于打开了特普最新的一封邮件。

这些是新拟定的场景。

他本该在昨天之前就读完并加好注释,以便在周一的会议上讨论。

一共十个场景。他打开了第一个。场景发生在一辆缆车上。

<u>外景。雪山上的缆车。午后。</u>

缆车都停下来了。载着凯瑟琳和莱纳的缆车轻轻晃动。有只乌鸦在树上啼叫。

<u>内景。莱纳和凯瑟琳在雪山上的缆车里。继续。午后。</u>

莱纳从对面的木椅上看着凯瑟琳。

莱纳

我没想到会在瑞士找到这样的爱人。谁知道这个国家会给我这样的馈赠?我为你写了一首诗。今晚我将把它读给你听。

凯瑟琳笑了。她闭上了眼睛。她又睁开眼睛。

莱纳

我想在你的每只眼皮上都放一片玫瑰花瓣。我想让你被它们的清凉唤醒,也想让你的眼睛唤醒玫瑰,这样即便你闭上眼睛睡着,它们也会向大自然输送暖意。你知道,我也爱玫瑰。我想让玫瑰走进你,让你走进玫瑰。现在。闭上眼睛。

凯瑟琳凝视了他一会儿,然后顺从地闭上了眼睛。

<u>外景。雪山上的缆车。继续。午后。</u>

<u>内景。约翰的缆车。继续。午后。</u>

从蒙塔纳过来的约翰在他对面那辆静止不动的缆车里看见了凯瑟琳和莱纳。他起初很高兴。他们肯定是来见他的。他敲了敲自己缆车的玻璃窗,好吸引他们的注意。

约翰

蒂格！蒂格，亲爱的！①

外景。约翰的缆车。继续。午后。

能看到约翰在玻璃后面喊着"你好",但没人听见。

外景。缆车。继续。午后。

一排悬吊的缆车中,有一辆剧烈地摇晃起来。

内景。莱纳和凯瑟琳在雪山上的缆车中。继续。午后。

凯瑟琳和莱纳从两人的吻中浮现出来,莱纳的手伸进了凯瑟琳大衣里面的连衣裙。然后,凯瑟琳先注意到,然后莱纳也注意到在他们对面那辆剧烈摇晃的缆车里,有一个人正无声地拍打着玻璃。

莱纳

那看着不安全。看起来它可能要——天哪。凯瑟琳。我觉得那是你的丈——那是不是你的——?

---

① 蒂格(Tig)是凯瑟琳·曼斯菲尔德的众多化名与昵称之一。

外景。莱纳和凯瑟琳的缆车。继续。午后。

  凯瑟琳紧紧地贴着玻璃,她身后的莱纳失焦了。凯瑟琳的脸上写满恐慌。

哦,苍天啊。
他用手捂住双眼。他大声地呻吟起来。他合上笔记本电脑。
他伸出手,从电视机上方书架上的一堆书中间取下那本小说。《四月》,作者贝拉·鲍威尔。他从中间的某个位置翻开。

  又敲钟了,晚饭时间到了,又到了,快下来!快下来!叫客人都穿上晚餐的正装,和崭新的桌布相配的正装,快到贝尔维尤城堡大饭店的餐厅里来,这里地板的瓷砖那么干净,椅子腿、桌子腿都倒映其中,提示着在这个世界的背面,也许还存在另一个世界,另一个在它的下方倒置,又纤毫不差与它对称的餐厅,两个世界的接触点还那么神秘,是另一个世界的入口,这个世界里,全是我们禀赋各异的、另外一些可能的自我,无法从我们庸常的世界抵达,但依然与之相连,而现在,这儿,这一瞬,这惊鸿的一瞥,让我们接近那充满可能的另一世界的入口。因为在餐厅这个世界里,哪怕明显是相反的两个世界,也能够迎面相遇,通常还是通过一些再家常不过的东西,比如今天,一家大酒店里的一盘鲑鱼，只不过是放在大酒店餐厅那一端的一盘鲑鱼；今天，房间那一边的碗橱上摆满了这样一道菜，一条巨大的、带着头的完整鲑鱼，四周环绕着小龙虾，如同四散的阳光，在鲑鱼和小龙虾的下面，是几十朵玫瑰的花瓣，鱼就摆放在花瓣的上面。看见小龙虾这样摆放，好像在崇拜伟大的鲑鱼神，这让*她*想到赞颂，想到诸神，这是今天，到现在为止，在她身上发生的最美好的事，一顿再好不过的晚餐，它甚至让7月的雨水变成了一场庆典。而*他*，想到被端上桌的那条鲑鱼，翻着死鱼眼的脸上的那张嘴，他想，即便语言也或是种无声的静默，而一切都在无可挽回的远方；这让他想要越过那难解的距离，但同时又知道他不能，他被捆住了手脚，上了镣铐。这就是事物的本质，我们都戴着镣铐，受着束缚。于是他们坐在餐厅里，在各自的餐桌前，这一个作家和那一个作家，对他们之间的共同点一无所知，在世界的表面上维持着平衡，就好像全不知情地身处一块冰面之上，在盛夏时节凝冻的冰面，而他们在一起，又完全独自地，一块接一块，吃着同样的银鳞鲑鱼的粉红色鱼肉。看啊！她留意到，有一片红色的玫瑰花瓣，随着鱼肉上桌，来到她旁边独自用餐的男人盘中，也许是误打误撞，也或者那个圆脸的、透着小猪粉色的瑞士女侍者特别喜欢他，选中了他，特地为他的盘中带来一片纯色，当然，她自己没有花瓣，好吧，她轻轻地甩了甩头（尽管事实上她有点难过，她自己的盘中没有那些鲜红的幸运礼物），当那个男人用叉子的尖头探过花瓣，她移开了目光——因为他们彼此之间完全是遥远的,在同一个房间,他们在各自的桌前相邻而坐,但他们中间横亘着一片汪洋,虽然他们的桌子曾经来自(尽管随机坐在桌前的人无从得知这些,没人知道过,因为人们认为这与一切事情都无关,所以这件事没有任何人在任何地方记录过)单独的、同一棵树的木材。

理查让书在手里合上,任凭它落在桌子上。

我并不真的需要这些钱,他想。这次我可以不做。周一我给他们打个电话告诉他们。我明天就打电话,在办公室的答录机上留个言,他们周一一早就能收到。

但这是他将近四年来的第一份工作。

受着束缚,他想。戴着镣铐。

他打开了笔记本电脑。

但他没法再一次打开特普的附件,他下不去手。

相反,他在搜索引擎里输入"莱纳·马利亚·里尔克"几个字,又输入"束缚"和"脚镣"。就好像这和工作是同一件事。这时出现了里尔克的一首十分好读的诗。这首诗讲述了一匹白马在俄罗斯春天的田野上奔跑的故事,这匹马洋溢着*完美的欢乐*,尽管它的一条腿上拴着捆马脚的绳索。①

这首诗的最后一句写的是图像何以成为礼物。

哦,真不错。

他立刻就想告诉帕蒂。

他朝帕蒂的那些书看过去,它们也在电视机上面的书架上。自从他在那个下雪天把这些书带回家,就甚至没有看过一眼。他把书都拿了下来。他随手翻开一本。

在书里,真正的凯瑟琳·曼斯菲尔德1922年3月身在巴黎。她每天都穿梭在酒店和诊所之间。每天,当她坐上酒店的电梯时,大酒店里负责电梯的小男孩都会用法语告诉她

---

① 但给你,主啊,我拿什么奉献给你,说吧,
教导受造之物学习使用耳朵的你?——
我的对一个春日的回忆,
春日的黄昏,俄罗斯——,一匹马……

只为孤独在夜里在草原上,
白驹从村庄里独自奔来,
而前蹄仍拖着拴马的桩;
蓬乱的鬣是怎样地敲击

颈项啊,以放纵的节奏,
在被粗暴阻挡的疾驰中。
骏马之血的源泉怎样地奔涌!

它在感受辽远,当然!
它在唱,它在听——,你的系列传说
在它心中合拢成圆环。
     它的影像:我奉献。
——里尔克,《致俄耳甫斯的十四行诗》,第20首。译文来自《里尔克诗全集·第一卷》,陈宁译(北京:商务印书馆,2016),919-20.

天气情况,不管她是要出门,还是刚从外面回来。如果是雨天,他就告诉她现在还是冬天。在有阳光的日子里,电梯小男孩就告诉她从现在起,再过一个月就完全入夏了。

那位瘦削过了头的女士。那个电梯小男孩。

理查在这些书里四处翻读,一直读到周日的凌晨,在这些书里,凯瑟琳·曼斯菲尔德,这个真实存在的人,正给其他真实存在的人们写信。

在其中一本书里,她的弟弟战死了。在另一本书里她刚被诊断出了肺结核,一只肺坏了,就像被射中了一只翅膀,她说(理查读到这里时,能感觉到自己的肺在体内展开双翼)。结核病让她充满*悲愤*。为健康起见,她去了瑞士。*我有两个房间和一个大阳台,还有那么多的山,我都还没开始爬山呢。它们都美极了。*她那么地——那个词怎么说来着——血气方刚。这个人开始了结核病人的漫游——*这是要命的!每个这么做的人都死了。*她很干脆,也很真实。*我看够了那些前途大好的人的死,没人想加入那一伙。*有一次,她给一位长期治疗她的医生写了封长信,感谢他帮她明白如何呼吸,怎样是最舒服的坐姿,以及如何给两只脚保暖。她向他描述了一些细节——*我好奇你会不会感兴趣*——一个结核病人注意到的有关结核病的一些事。病人在治疗医生,理查想;她是多么聪明啊,知道转换角色,把这一点权力赋予自己。看看她如何描述自己醒来之后伸懒腰,*模仿歌剧演员的做法,就是在唱出一个他想尽可能长地"保持"住的高音之前,会做的一模一样的动作。*她告诉医生,这在疲劳的时候很有帮助;如果结核病人不巧感到消沉,还有一件事也有帮助,就是*换个姿势*。在呼吸之下低声吟唱*似乎能够冲淡"孤立"的感觉*。然后她建议,在面对一盘食物时要有意识地放松,以免被自己的消化系统吓得吃不下东西,她在给医生的信的结尾说,当呼吸*非常困难,天色也很阴暗时,我发现看图片会有些帮助*。

在这封信的结尾下面,有一条单独的脚注,书信集的编辑们在这里引用了她早些时候一首有趣的打油诗,这首诗就关于这个医生:医生来自牙买加/说:这次我治好或弄死她。/我会给她拼命灌血清/要是她受不了的话/我就叫殡葬师来埋了她。

他乱翻着书页,让它们在书页落下的地方摊开。她听说巴黎有位俄罗斯医生,能用 X 光照射人的脾脏,达到治愈肺结核的效果。他说他已经治愈了 15,000 人。她试着打听,有什么办法能让她看得起这位大夫,他确实很有名,而且显然不缺钱。他给她寄了一封回信,把他通灵会——或者说治疗时段——的价钱告诉了她。信中用了 guérison 这个词。

她在 1921 年圣诞节给一个朋友写信,说这个词是多么的*闪闪发光*。

理查不知道 guérison 是什么意思。

他在谷歌翻译上查了这个词。

治愈,疗愈。

当然,用 X 射线照射是没法治愈结核病的。这是个笑话,是个骗局。他越是读,就越为她感到激愤。他喜欢这个死于一个世纪之前的女人。他太喜欢她了。她很有趣。*这全是自怨自怜的泥潭里的烂泥汤*。她聪明,狡黠,调皮,妩媚，病得这么重还浑身都是深不见底的能量，被黑色的情绪笼罩着，但*我写下每一个字都好像自己在笑*。她觉得瑞士十分可笑，但又喜欢瑞士，*因为在瑞士，三等舱的乘客跟一等舱的乘客一样好，而且你越是寒酸，别人就越不看你。*她拥有难以置信的勇气。她很凶悍。*我那种倒胃口的感觉就好像自己在用酸写字。*她很大度。她给一个钟情于她、给她写了仰慕的来信并寻求建议的年轻作家回信，寄去一家出版商的名字；她说她会帮这个年轻作家写信给出版商，告诉对方他的情况。她对这位年轻人说，*我爱着生活——特别爱。*她为自己那么不合时宜地热爱生活而道歉。然后她写道，*我给你寄一张明信片，上面是我自己和两个电灯旋钮。摄影师非要觉得这两个旋钮也应该出现在照片里。*

那天晚上，在理查终于把自己弄上床睡觉之后，他梦见自己是个年轻的作家，他打开公寓的门，邮递员递给他一沓信，在其中一封里，一个女人把自己的照片寄给他，她的手放在一个形状像一只胸部的电灯开关上，好像她正捏着电的乳头来演示电能。

美好得让人不敢相信。

他醒来后在自己的双手里高潮了。

他起床，洗了洗，喝了杯水，回到床上，继续睡。

他睡得很好。

他第二天醒得很晚，醒来已经是下午了。

周日余下的白天时间，他在网上浏览，看能不能找到凯瑟琳·曼斯菲尔德寄给年轻作家那张明信片上的照片，那张有电灯开关的照片。他在谷歌图片中找，在易趣上找，在搜索她的名字和*明信片*这个词时跳出的无数网站上找。到了下午将尽的时候,他还没能找到那张照片,但他对凯瑟琳·曼斯菲尔德寄出的一些明信片的内容有了相当的了解。

外面天暗了下来,他突然意识到,在如此关注凯瑟琳·曼斯菲尔德的同时,他忽略了另一位作家,莱纳·马利亚·里尔克。

于是他转而输入 R. M. 里尔克的名字和明信片这个词,只是想看看会怎么样。

确实有什么事情发生了。

一连串的网站出现了,每一个网站都讲述了同一个故事的不同版本。里尔克之所以1922年在那座塔楼写下了他的伟大作品,一组献给俄耳甫斯的十四行诗,其中的一个重要原因是他的一个情人出于偶然,在他写作室的一面墙上贴了张明信片,上面印着文艺复兴时候一张画着音乐家俄耳甫斯的画。

俄耳甫斯下到冥界去寻找亡妻。他找到了她,近乎救出了她,几乎把她带回地面、带回到人间来了,但他把这一切都毁了,因为他转身看了她一眼,而之前他就被明确告知,不要这样做,因为如果你想活着离开死者的世界,那么回头看身后就违反规定了。

有几个网站以明信片的形式再现了诗人挂在墙上的文艺复兴画作。它没有那么美。甚至没什么意思。一个鬈发男人穿着罗马人的衣服,弹着弦乐器,坐在一棵树上,那棵树似乎簇拥着他,变成了一把扶手椅。一小群鹿和兔子正聆听着他的演奏。

这不是一幅能让理查创作出什么艺术作品来的画。

现在外面已经完全黑了，这是夏令时当中10月的最后一个周日。下个星期会更黑。理查把他公寓四处的灯都打开了。他从一个灯的开关走到另一个灯的开关，感觉到自己的边缘都活了起来。

他的肺也开始疼了。

傍晚的早些时候，他写了以下信息。他花了两个小时才写好。

亲爱的马丁：

感谢你的草稿。

直奔主题吧。如果让我来导演这个项目，我希望我们以不同的方式来处理这个故事。

恕我直言，我必须承认，一直以来，这个剧本虚构真实人物生活的方式都让我担忧。

我希望有彻底的改变。

请听我把话说完。

我要坚持的一点是，如果你想和我合作，我们就以不同的方式来处理这个项目，用新的剧本重新开始。关于这个新剧本：我设想让它在形式上就像两位作家生活中的一系列明信片。我的意思是，描述他们生活中非常细小的时刻，以此揭示深度。

我认为，这样做更符合我们正在改编的这本书的精神，也符合两个真实的人之间关系的真相，他们彼此不认识，而尽管他们或许是著名的作家，他们的生涯或许有着看似完备的记载，但我们对他们仍然近乎一无所知。

另外，在我们所描绘的这个时代里，明信片是那时最当代、最流行的联系方式，就像今天的短信、电子邮件，甚至 Instantgram① 社交平台。

同时，这样的设想让我们能一并使用图像和文字，也能暗指历史上发生的一些其他事情，我指的是当时世界上的事——也是指现在世界上的事——但所有这一切都多少要以事实为准，以我们现在已知和未知的关于他们的情况为准。

比如说，你要知道 K. 曼斯菲尔德深爱的小弟弟莱斯利于 1915 年死在了比利时，他教新兵如何扔手榴弹，而手榴弹在他手里爆炸了。

但在 1918 年，她从康沃尔给她在伦敦的朋友艾达（她有时也用"莱斯里"的昵称称呼她，"莱斯里"是她弟弟名字的另一种拼法）寄了一张明信片，请求她给自己买一种就叫"手榴弹"牌子的香烟。这时她真的病了，刚被诊断出肺结核，而这种烟的劲又非常大，K. 曼斯菲尔德的书信全集里写了。她不是一个会漫不经心使用词汇的人，我是通过长时间钻研她的书信等材料而知道这一点的。这只是一个例子。我坚信其中大有可为。图像/瞬间——就拿这个例子来说吧——会自己发散，揭示她的精神、愤怒、绝望和轻蔑。再就是，比如

---

① 应为 Instagram。理查因不熟悉而使用了老套的拼写方式。

就这张明信片来说，也能揭示一个可怕的，没有说出口的，痛失兄弟的故事。

再说说一张描绘了神话故事的明信片——上面画着神话中的音乐家俄耳甫斯——对 R. M. 里尔克意味着什么。我相信你已经在研究中了解到，他在 1922 年创作的那些伟大的诗篇，部分灵感源于他的情人钉在他写作室墙上的一张明信片上的图画。一张明信片就意味着，所有这些伟大的诗作，都是或这样，或那样，自己写就的。

明信片以其轻盈示意着、抵挡着困难。它像一句神奇的咒语。

而这本身就很类似那两位作家在人生中同时生活在同一个地方的事实，无论他们是否见了面。

诸如此类的巧合，在我们生活的诸多真相之间接通了电流。

我们的生活往往具有一种我们或许可以叫作明信片性的特质。

我希望你能明白我在说什么。

我一直相信，我们不能因为低估了戏剧的天然潜力，就因此在戏剧所采取的形式方面让步。

我相信，如果我们给予这个项目正确的、真正的关注，结果可能真的会很有意义。我感到，如果我们不这么做，那就浪费了、错失了一次机会。

我们的《四月》真的可以是一件伟大的作品。

我知道这封信难以接受。我表示尊重。

期待回信。

祝好，

R.

理查通读了一遍。

他把"长时间"这个定语从"钻研"那里删去；他决心不去撒谎。

他决定不把邮件抄送到办公室或赞助商那里。他要把它单独发给特普。

他又通读了一遍，然后他按了发送键，感到自己有点欠考虑。

记得帕蒂和他在那次多媒体大会上，"调调电视机：未来很辉煌"，那是什么时候，1993年？在一个下午场上，一位非常年轻的剑桥毕业生在台上展示了他创建的网站（当时很多人连网站这个词都没怎么听过），引起了轰动，网站上展示着一些从未存在过的人的讣告。

这个年轻人时髦到了完全不会怀疑自己的程度。他的大屏幕上闪现出墓碑、骨灰盒的图片，还有真实的人的照片（他的网站声称他们就是这些"死者"），以及他们的家人、宠物和财产的照片。他还一并展示了一些公众对网站上讣告的留言。

这些留言真的很感人，他说。非常私人，非常热烈，是发自内心的真实呼声。一张记录曾经"属于"某位"死者"的自行车或吉他的照片，就能让全世界的陌生人感动得流泪。

但为了什么呢？在观众提问环节，理查问道。你为什么要这么做？为什么偏偏花力气创作这些东西？

为了展示人们在连接到这个网站时会写下、会发送的东西，这位年轻人说。人们*喜欢*感受。他们喜欢被要求去感受什么。感受是个非常强大的东西。很多家广告商都联系了我，想在"晓月断肠"① 上登广告。

那些回复你，你的，你的网站的那些人，他们*知道*你展示的这些不幸的逝者完全是捏造的吗？理查说。

我们在网站初始登录界面的细则条款里用小字做了解释，说明这些资料是虚构出来的人物原型，那个人说。想给我们发消息的话就必须登录。这也意味着我们有一个副产品，一串不断扩大的网站成员个人信息名录，这个叫数据库。

但你在撒谎，观众里有人说。关于人生，关于死亡，关于情感联系，你都在撒谎。

不，我在讲故事，那个年轻人说。情感联系是真的。而且它非常非常有价值。

但你在假装它是真实的，而事实并不如此，拿着话筒的女人说。

它是真实的，那个年轻人说。如果你认为它是真的，它就是真的。

坐在理查旁边的帕蒂站了起来。她等待着话筒传到她手里。

---

① 网站的英文名称为"Mourning Has Broken"，是对"破晓"一词（morning has broken）的文字游戏。

她说:"如果从哲学的角度讲,你刚才关于现实和思想所说的话既有趣又无耻。又非常聪明。这是终极的不道德。"

这是一种新的道德,台上的特普,在巨幅的墓地图像底下,说。

恭喜你,帕蒂说。你要发财了。

不光为我自己,特普说。

下一个拿着话筒的人说,光是看见它我就要哭了。哪怕我知道你不过是虚构了那个人,他们没死,没出什么事。这让我对我自己的死,以及我认识的所有会死的人都感到难过。谢谢你。

不,谢谢*你*,特普说。谢谢你的反馈。

遥远的往事,理查难以置信地摇着头。

遥远的未来,理查刚刚用他的万事达卡在 Deliveroo① 上订了一份牛排。

这些日子以来,他的任何一张卡能不能用都是未知数。但订单通过了。吃完后,他在网上查了查凯瑟琳·曼斯菲尔德的小说。他现在真的得读几篇了。

他把晚餐时间都花在了网上,费力地从曾经访问过的一个网站上取消订阅,这个网站现在每天向他的收件箱发送三封广告邮件,在这个网站上,每当你点击取消订阅的链接,你就来到了一个空白页面。当他的新邮件提示灯在房间另一边亮起时,他正把食品外卖包装塞进前门的垃圾袋里。他没有急着回去。肯定是 Dibs 网站又给他发了一些跟他从没想

---

① 一家和伦敦多家餐厅合作的送餐平台。——编者注

过要买的东西有关的信息,以向某个人或某个地方的某些东西证明,Dibs 网站的广告威力有多大。

结果是一封来自特普的信。

他坐了下来。他打开这封信。

  主题:Insta-grandad①

  谢谢你你个混子②的邮件。真正激动人心的消息是,我们找到了一个觉得她自己*就是*凯瑟琳·曼斯菲尔德的女演员。我是说真的是她的转世——是的,她脑筋搭错,觉得自己就是她。我没开玩笑。而她**太棒了**。她身上散发出来的气息特别强大。她说,她甚至试着让自己染上过一次肺结核,这样她就能更切身地感受到整个经过!疯了吧,伙计!很高兴地说,我这批新的草稿已经收获了非常好的反馈,赞助商读者都超爱这稿,电视台要求我在项目里纳入更多不同的种族,我正在寻找一些新的酒店工人的角色/来访的政要客人,来满足这些要求,你有任何这方面的想法,我都非常欢迎。感谢所有的想法,所有的想法都欢迎,期待你的反馈,期待明天见到你,**另外**我刚在读 40 年代瑞士各家疗养院的资料,在那里,他们让人陷入断断续续长达一年的昏迷,这是一种睡眠疗法,如果他们这样做,他们可能醒

---

① 理查的上封信里提到了 instagram。特普这里将代表"记录"的 gram (记录,奶奶)翻转成了 grandad(爷爷)。
② 这里的称呼为 you Dick,羞辱性语言,Dick 同时也是帕蒂对理查的昵称迪克。

来的时候不仅痊愈了，而且看起来如假包换地年轻20岁。！！要不你也试试，迪克?;）我想我可以把这个写进剧本里。如果她干脆就没死，或者直到70年代才死呢？——为书显灵了，诶嘿！是的我们可以改变历史

　　明天见

　　MT

　　特普删去了这封邮件后面理查的原始邮件，又把这封回信抄送给了电视台、赞助商和办公室的所有人。

　　Insta-grandad

　　谢谢你你个混子

　　要不你也试试

　　不要脸的小混蛋。

　　理查吸了一口气。

　　疼。

　　他呼气。

　　疼。

　　一只被木钉钉穿的马蹄近景特写。

　　一封展开的信，里面来自另一种语言的一个词闪闪发光，光芒是那么的强烈，照亮了一整个黑暗的房间。

　　一个小男孩在大酒店里操作电梯。那个垂死的女人又来了。他今天能给她一些什么？他的额头皱了起来；你能看见皱纹正在那之中成形。

　　理查自己的脑中全是些无谓的图像。他合上了笔记本电脑。

11 点 59 分。

车站的机器广播宣布，一列火车即将到站。它告诉他，苏格兰铁路公司对服务的延迟运行和造成的任何不便表示歉意。

理查也很抱歉。他想道歉。他知道自己就像特普剧中的人物一样老套。但他能说什么呢？他很抱歉，抱歉，抱歉。他很抱歉。

他还知道他正在，也将会被车站两边的闭路电视摄像机记录下来。他知道这些摄像机什么都不知道，不显示表面之外的东西。他知道它们的所作所为，是一种新式的、愚蠢的、知晓一切的办法。

他非常确定，自己能比正注意着（或不注意）闭路电视图像的任何一个人都走得更快，无论这些人在车站的什么地方。就好像摄像机将要拍摄的那些关于他的图像，尽管还未发生，却已经被他甩在身后了。它们属于后人。它们与现在无关。

他也知道，而且他很抱歉，他将会留下一个烂摊子给别人来收拾。

他不知道还有什么别的办法了。

对不起。

他 10 岁,是个双臂张开的男孩。他不像战后年间别的男孩那样玩飞机,不,他的手臂不是机翼,也和飞行无关。双臂变成了在云端走钢丝的男孩手中长长的、灵活的平衡杆(那么高,云有时会打湿他的刘海)。

在一根像他父亲的鱼线一样细的钢丝上,他平衡着空气阻力。他的父亲,尽管那场战争已经过去了十多年,超过了他的儿子已经度过的一生,但仍然会半夜大叫着醒来,起身撞击他父母房间大衣柜的柜门。

而他自己,就一个 10 岁的男孩来说,无论是在克服困难的平衡还是高度方面,都已经达到了一个近乎不可能的标准。

转眼理查三十多岁了,和那个将会成为他妻子的女人在床上。这是什么时候的事?三十多年前了。他未来的妻子在他怀里哭泣,因为春天,她最喜欢的季节,已经过去了。

他说,你不能为夏天的到来而哭泣。我可以理解你为冬天而哭。但夏天?

她说,只要我喜欢,为什么哭都可以。

他很惊讶。人真的可以这样吗,只要喜欢,为什么而哭都可以?他希望他也能这样。他从来对什么都哭不出来。

他未来的妻子用脸蹭着他的胸毛擦干了眼泪——这实际上感觉非常色情,并且他们在一起的早些时候,性爱常常让她哭泣——她告诉他,在她死后,她会像树上的花一样每年回来。

他说，如果你比我早死，我将用我活着而不在你身边的所有时间，在世界各地的时差之间游走，这样我就可以在这个星球上度过尽可能多的春日，以此追寻你。

他说这句话时，她又泪流满面。他感到非常浪漫。

这个春日承诺的五年后，他将穿过他们的房子，走向后门那块破碎的玻璃——在有什么东西（水壶？猫？）被扔到了后门玻璃上之后的几天。因为整扇门现在是一块冻结的碎片拼图，又因为这扇门是楼下大部分地方的光源之一，而多年后他没找人来修这扇门就卖掉了房子，这就好像房子在接近十年的时间里都卡在冬天的光景之中，不论实际的季节是什么。

现在呢？他是一个在车站等待自己最后一班列车的人。

季节毫无意义。

不——比毫无意义更糟糕。帕蒂是一堆碎石头了，而时间一直继续。秋天，然后冬天。然后春天，就这样下去。

他低头看着铁轨，看它们规整的图案。他看着它们周围的地面，有石块和草簇拥着这一片规整。

他想，我也是一堆碎石头。不同的形式而已。整个世界和所有的人。石头。

那么，我们是不是应该更好地对待这个世界呢？想象中的女儿在他的脑海中说。既然它在很大程度上就是*我们*？既然我们实实在在地就由*它*构成？

我亲爱的，你是想象出来的，他说。

是啊，我知道，她说。

你不存在，他说。

但我就在这儿,她说。

走,他说。

她说,我怎么能走呢?我就是你。

这时,列车出现在轨道上。它驶近,追平,停车。车门发出提示音。只有最后面那组车门打开了;没人下车,除了经过他的两个人,一个女孩和一个女人,一个是白人,一个是混血,女人穿的像是某种制服,厚厚的风衣,女孩穿的校服看上去对苏格兰北部来说太单薄了。关于她们的故事——别管是什么故事——开始在他脑中迸出火花,但故事的基础是最糟糕的,只有两人的外表。

掐了它。

多么解脱啊,了结了,永远地把这一切了结了,他经过了她们,她们就和其他一切一样也变成碎石头,而现在她们是真正有用的、承托轨道枕木的碎石瓦,因为她们挡住了他和一个车站警卫之间的视线,一个穿着反光夹克出来迎接火车的女人。

下面不怎么有容得下一个人的空间了。这列火车离地面很近。它下面不太显眼处的金属部分沾满了泥。即便机器也免不了要遭遇自然,即便是它也无法逃脱土地。其中颇有些什么教人安心。

他弯腰看向火车的——怎么说来着?——下边。底板。

如果他把身子趴在地上,他就可以把头——他看了看车轮的位置。他正面俯卧。石头。草。金属。他翻过身来。他努力让自己的头靠近车轮,后颈靠在铁轨上。

从现在起,用不了一分钟,就会有几个穿着反光背心的人从车站办公室向站台的尽头跑过去。

但现在,空空。一个空无的瞬间。

又一个空无的瞬间。

你觉得一列迟到的火车会更快地驶离车站。

火车的底部滴落着一种真实。好吧,说得更真实一点,是滴落着脏水。他闭上了眼睛。

现在,随时,他随时会让时间在轨道上停止。

时间随时会结束。

随时。

——

嘿。

嘿,先生。

他睁开一只眼睛。一滴水打在眼睛里。他抬起手想揉揉,结果手背猛地碰到了一块什么金属,他一扭头,额头被火车底板狠狠地撞了一下。

嗷。

对不起,先生。

他挣扎着把头从火车底下探了出来。

一个女孩,一个真的女孩,那个刚从这趟列车上下来的女孩,正蹲在火车后部的站台边上。她直视着他。

我真的需要你别去那么做,她说。

2月。第一只蜜蜂撞上了窗玻璃。

光线开始后撤,寒冷中显得萧瑟。但整天都有鸟鸣,随着天光来去。

即便在黑暗中,空气的味道也不同了。在路灯的光照下,光秃秃的树枝被雨水点亮。有些东西已经改变了。不管天气有多冷,这雨已经不是冬天的雨了。

白昼变长。

这就是大斋节①这个词的由来。

在拉丁语中,这个月的名字取自关于净化和安抚神灵(一般通过焚烧祭品来实现)的词语,在词源上,两者可能都来自罗马的净化节(Februa)。植被之月,太阳回归之月,雨月,卷心菜萌芽之月,饿狼之月,以蛋糕祭拜神灵,祈愿顺年、丰年、美满人生之月。

在苏格兰高地上,早在人们比现在更严格地遵循传统的时候,2月是人们点燃蜡烛,召唤太阳回归大地(圣烛节的

---

① 大斋节(Lent),复活节前为期40天的斋戒和忏悔,一般正值仲春。这个词在词源上与"长"有关。

来源）之月；每年的这个时候，女孩们会用前一年收获的最后几捆玉米做成各种形状，把她们的作品放在摇篮里，围着摇篮跳舞，她们唱的歌谣关于生命回归，关于蛇醒来，离开巢穴，关于鸟儿归来，关于圣布莱德，或圣布里奇，或基尔代尔的圣布里吉德，许多东西（包括爱尔兰、生育力、春季、孕妇、铁匠、诗人、奶牛和挤奶女工、水手和船夫、助产士和私生子在内）的保护神。她是凯尔特火神布里德的一个版本，人们曾为她燃起篝火，她也是圣井和圣地的祝福者，据说圣井的水仍然有治愈疾病——尤其是眼疾——的能力。

且不管她叫什么，她拿起父亲那把镶着明珠的剑，送给了当地的麻风病人。他们把明珠挖出来售卖，换取食物。她把父亲空无一物的剑还给了他。

然后她请求一位爱尔兰国王赐给她一些土地，好让她修建一座修道院，让妇女在那里生活并献身慈爱的事业。

但国王没有在听。他在看她的胸部。

他看到她看见他在看，于是转而去看她肩上的小披风。

你能不能把我身上这件斗篷所能覆盖的土地赐给我？她说。

国王笑了。好吧，他说。

她脱下斗篷放在地上。斗篷展开了。它越展越大，越展越大。布里吉德拿着其中的一角。另外三个版本的布里吉德拿着另外三个角。她们走了起来，一个向东，一个向西，一个向北，一个向南。

布里吉德自己走向了北方。她穿过一片泥泞的原野。无论她走到哪里，她的脚所触碰的地面，都有花朵从一无所有之中涌出。

II

好了，别误会我们。

我们都是为了你好。我们想把世界更紧密地联系在一起。我们想让你感到世界是你的。我们想让你透过我们看世界。我们希望你能做自己。我们希望你别感到那么孤单。我们希望你找到和你一样的人。

我们想让你知道，我们是你在这世界上最棒的知识来源。我们想知道有关你的一切。我们想知道你去的所有地方。我们想知道你现在在哪。我们想让你发布你正看见的东西的图片，好让你永远铭记这特殊的一刻。我们现在想让你看看你十年前发布的内容。纪念日快乐！我们想定期提醒你往日的特殊时刻。我们现在想让你看看你的朋友们十年前发布的内容。我们想让你记录自己的生活，因为你的生活意义非凡。我们想让你知道你在这个世界上是有意义的。我们想让你知道你对我们多么重要。我们想让你知道，我们对你关心的事情非常感兴趣。我们想让你知道它对我们也很重要。

我们想为你走出的每一步计数。我们想帮助你健康强壮。我们想知道是什么让你的心脏跳得更快。我们想让你给我们寄来你的 DNA 样本和一笔钱，这样我们就可以帮你找出你是谁，你现在和曾经的家人是谁，以及你原本来自哪里，我们想要这些只是出于以上完全合法的原因，好为你提供有用的服务。

我们想让你们的关系具有无限可能：做朋友、谈恋爱、单身、纠缠。我们想知道你买什么。我们想知道你的耳机里正播放什么音乐。我们想知道你穿什么。我们想为你量身定做我们的广告。我们希望广告正中你的心意。我们希望你能更多了解自己。我们希望你参加我们有趣的心理性格测试，以了解你究竟是什么样的人，在选举中你会给谁投票。我们希望能对你精准分类，以协助其他人以及我们自己妙趣横生的项目。

我们想出现在你的客厅。我们想帮你解决日常的小问题，比如去哪吃饭、去哪度假、哪里有电影、排期如何，你附近有许多人正在哪里尽情玩乐。我们想帮你处理网购那些琐事：猫粮、园艺用品、孩子的东西。我们想帮你为你的孩子提供通识知识。我们想让你把我们当成家庭成员。我们对你说的每句话都感兴趣。我们想听到你每次看屏幕时说些什么。我们想在你完全不看我们时透过屏幕看到你。我们想知道你们在家里每间屋子里互相说些什么。我们想知道你的生活节奏，你在上网和不上网的时候都把时间花在什么上面，也想知道你如何花钱。

我们想让我们卖给你的手机与从前的型号相比处理速度更慢、更不好用，这样你就会想提早买一部新的。

我们想雇人对一切说了我们不爱听的话的、有权势的人发起攻击，不论这些话是真是假。我们想让为我们工作的黑人和拉丁裔人感到自己不如白人那么重要，不如他们有保障，在公司职级晋升的前景也不如他们，尽管我们也希望在应付种族数据的时候，他们能帮忙凑凑数。

我们要支持言论自由，特别是有钱有势的白人言论。我们想帮助成百万的人读到网络喷子的发言。我们想协助政府宣传，帮人们扭曲选举结果，对人们组织和推动种族清洗不加阻拦，所有这些都是全天候为您服务的有益衍生品。

我们想让你知道，你的脸对我们来说有多么重要。我们想让你的脸，你所拍摄的每个人的脸，你所有朋友的脸和他们所拍摄的所有人的脸都能在我们的网站上得到在线记录，以便开展我们妙趣横生的数据存档与研究。

我们想让你知道我们在保护你的安全。我们想让你知道，我们尊重并保护你的隐私。我们想让你知道，我们相信隐私是一项人权和公民自由，尤其当你能负担得起的时候。我们想向你保证你拥有控制权。我们想让你知道你完全可以控制谁能看到你的信息。我们想让你知道你能够完全访问你的信息——你，以及所有追踪你的人。

我们想叙述你的生活。我们想成为一本关于你的书。我们想成为唯一重要的联系纽带。我们想让你在不使用我们的时候感到不便。我们希望你看着我们，一旦不看了就会觉得有必要再看我们一眼。我们希望你们不要把我们和私刑、猎巫或清洗联系起来，除非那是对*你的*私刑、猎巫和清洗。

我们想要你们的过去和你们的现在，因为我们也想要你们的未来。

我们想要一切的你们，你们的一切。

随时。喏，拿吧。把我的脸拿走。

我一点也不奇怪你想要我的脸，这是一张此时此刻的脸。

我说的脸是指这张 A4 复印纸上的脸，我存在的证据。没有它，我在官方意义上就不存在了。即便我的身体在这儿，但没有这张纸，我就不在。要是我把它弄丢了，那么不管我在哪，我都哪也不在。它变得有些旧了——不足为怪，它就是一张 A4 大小的纸而已——而且因为它在印着脸的地方恰好被折叠了，一些构成我的脸的复印机墨水已经在折痕之中剥落了。

但是我在这儿。我存在是因为这张印着我的脸的纸证明了我不能在这里学习，不能在这里工作，不能擅自在这里生活，不能在这里挣钱。

我没有资格，你就更有资格。

没事。很高兴能帮到你。

另外你会注意到，这张脸长得很像海报上的画像，这些海报让你报告一切你认为看起来可疑的东西。

如果你看到长得像我的人，请告诉警察，因为我的脸对你们国家来说是紧急事项。

完全没事。没问题。很高兴能为你们服务。

正是这张脸,就像卡车上的宣传画上的那些脸,西装革履的白人男子在边境的长队前面摆出姿势,队伍里全是人——我是说全是不是人的人——这完全说明海报上所有的人都是没有脸的、无足轻重的人,而他的脸说明他举足轻重。只有他有张重要的脸。

我的脸是一个断点。

不要提它。什么时候都不要提。

这是你在电视剧、电影当中看到的脸,或者你在读小说时,读到那些非我族类的人时脑海中描绘的形象——这是那些你因为喜欢文学或为了打发空闲时间而读的书,它们讲述的故事让你感到自己有所触动,你被真正惊天动地地感动了,而且你理解了关于你所处时代历史、政治的一些重大的事情。

这没什么。我的荣幸。我的脸全都关于你。

我的脸在烂泥中被践踏。

我的脸在海水中涨破。

我的脸意味着它不是你的脸。

千万千万。不要客气。

布列塔妮·霍尔①第一次听说这个女孩是在9月,那天早上,福利部的斯黛在员工储物柜那边经过她,对她说,听着,布丽特,奇迹的时代还没过去,有个学生妹进了中心,而且——你不会相信的。我还是不敢相信。她让管理层打扫了厕所。

管理层什么?布丽特说。

然后她说:你什么意思,*她*?

孩子们并不多么稀奇。CIO②们经常把他们指定的"成年人"送到这里,而这些人明显还是些十三四岁的孩子。但这是个只接受男性的中心。

所有的厕所,斯黛说。大楼每边的翼楼,每一个卫生间的每一只马桶,连禁闭室也打扫了。我不是说管理层亲自打扫,管理层清理马桶,那就喜闻乐见了。我是说,一个孩子。女孩。十二三岁,我没见到她。我还没跟亲眼看见的人聊过。但她进来了。不但进来了。一路走到了管理层。让他

---

① 布列塔妮(Brittany),简称布丽特(Brit),与英国(Britain)、英国人(Brit)、不列颠(Britannia)拼写相近。
② 首席信息官(Chief Information Officer)。

们找了家清洁公司来打扫，我是说*来真的*，瓷砖中间，砖缝，污渍，清洁工再怎么也弄不干净的所有那些地方，他们就带着些巨大的压力清洗机进来，像给汽车做大保健那些地方的那种蒸汽清洗机，他们把所有的马桶所有的瓷砖和周围的地方都清理了，然后又把所有地方都拖干净了，天啊，里面好闻多了，你就等着上楼吧，他们把所有的翼楼，整栋 H 楼的清洁都做了。一些被拘的人也看到她了，穿着校服，一个人在 B 翼溜达，每个人都在后面站着，满脸都写着不可思议。

布丽特说，你拿屎蒙我呢。

屎都没了，斯黛说。哒哒哒。变魔术。连长观室的墙上也没了。

真的？布丽特说。

对啦，布丽特。真的！没屎啦，斯黛说。

你是个诗人，布丽特说，你自己不知道。

我知道啊，斯黛说。我就是近来没什么机会施展而已。可是今天呢？今天，哦，我啊，今天我的心中充满了它。我是说，诗。

她顺着走廊走了，唱着哦清晨多美妙里面的几句，利用走廊的回声，让歌声从这头传到那头。她一只手挥别布丽特，另一只手挥向摄像头示意，让他们放她通过安保。

斯黛在这里工作多年了，有人说是三年那么久了。她快 30 岁了。布丽特自己则相对"新"一些。拘了们还是能分辨出来差别。这不是什么好事。*祝贺你跟我一样在这里待*

了四个月。你没死，我也没死，我们都还没死，DCO①霍尔小姐，那些叙利亚人里，有一个每天都在打趣她。话里是好意。但好意很复杂。你必须划清界限。有一些正确的回应。一种办法是笑着回他一些好笑的话，另一种办法是你敢这么跟我说话岂有此理。得看情况。

身体摄像头。刀片铁丝网。拘子们。

（就比如说，斯黛就从不说"拘子"这个词。斯黛自己就是黑人，每次离开中心回家，她被验视的次数都比非黑人工作人员多。尽管大家都认识斯黛。斯黛就是耐心到了家的一个人。你要是做她每天做的这些事，你也只能这样。）

想象翼楼里面有一个孩子。

实际上，布丽特经常想象翼楼上有个孩子，因为拘留地②是这么描述每个拘子个人物品的重量限制的。25千克，和一个三四岁小孩子的体重一样，所以每来一个新的拘子，她都会用这个来提醒自己，这些东西看起来比一个小孩轻还是重？因为如果看起来重得多，那么东西拿走之后，他们就随时会发作。

拘留地的地不是地产的地，更像是当布丽特的父亲去世后他们讨论的他的产业，意味着你死后剩下的，以你值多少钱来计算的东西。

这样一来，这个她领工资的地方就显得好像一个地下世界，她想。活死人之地。他们在停车场和大楼之间的花箱里

---

① 被拘留者监护长官（Detainee Custody Officer）。
② 拘留地（detention estate），这里指英国政府拘押非法移民和难民的中心。

新种了一排排树篱的嫩枝，为了让这里看起来更漂亮，或者说，对来访者显得更无害，这是通往她地下世界的大门。现在，每天上班来、下班回家，她都向它们点头，这是地下世界和世界上其他地方之间的 DMZ①。

你好，树篱。（祝我好运。）

再见，树篱。（又过了一天。）

她进去，出来，心里揣着一个她所知的事实。这个事实就是，她是能够出来的。每天结束的时候（或者早上，如果她上夜班的话）她都能从那里出来。

但她多多少少也总在那里，即便在她不在的时候。即便她能够离开，下班的时候她离开，走出去，经过那些树篱，穿过马路，穿过停车场，沿着机场路走到车站，坐上火车，回家。

他们让你在那干什么？她工作两周后，她的母亲说。

我是私营保安公司 SA4A② 雇用的一个 IRC③ 里的 DCO，SA4A 代表 HO④ 管理春天、田野、价值、山谷、橡树、浆果、花环、丛林、河曲、树林这些区域，还有其他一两个地方，她说。

布列塔妮，她的母亲说。你说的是哪门外语？

布丽特并不笨。她一直很擅长语言。在学校里她不费劲就样样拔尖。她想上大学，但他们现在负担不起了。好吧，

---

① 非军事区域（demilitarized zone）。
② 与安全（safe）谐音。
③ 移民遣返中心（Immigration Removal Centre）。
④ 内政部（Home Office）。

现实点。他们从来也负担不起。但她的母亲为这事难过了好久。所以布丽特从没有抱怨过。每当她回到家，*上班怎么样?* 还行。*你今天做什么了?* 做了点事，你知道的，平时那些事。然后你再笑两声。

只要你笑了就行，她母亲说。辛劳和欢笑，就像海边和坏天气一样登对。

我也发现了，布丽特说。

然后她的母亲有一天说，

布列塔妮，拘子是什么?

她真的对她母亲大声说了"拘子"这个词吗? 拘子是托奇用的词，他叫他们拘子。但不是恶意。托奇人还行。

布丽特来的第一周告诉他，拘子，我是说，这个词指的那个真正的东西，菊酯，是一种驱虫剂，你知道吧。①

嗯哼，他说。

她说，但这样玩笑就开在了我们自己身上。如果他们是驱虫剂的话。

嗯哼，托奇说。

你管他们叫驱虫剂，我们就成了虫子，她说。

嗯哼，托奇说。

吸血的那种，她说。

嗯哼，托奇说。

她笑了。

---

① 托奇用拘子（deets）一词指称那些被拘留的移民（detainees），deets 本意为"氯菊酯"，一种广泛使用的驱虫驱蚊剂，有低毒，能影响人的神经系统和肝脏功能。也有"细节"的意思。

嗯哼，托奇说。

托奇是苏格兰人，这就是为什么他的名字这么滑稽。

我解释一下，他说。关于这份工作的一切都可恨得很。你还要小心着点菊酯。你的言语会含混不清，你会感到极度恶心，它是一种神经毒素，在皮下直接进入你的体内。麻木，昏迷。只是提前警告一下你，以便你自己能监测到一些迹象，布列塔妮亚①。

布列塔妮，拘子是什么？

哦，就是。（笑）是个俗语。"细节"的简写。

那上班怎么样？

还行。

你今天做什么了？

平时那些事。（笑几声）

只要你笑了就行，她母亲说。辛劳和欢笑。

她的母亲转回了24小时新闻频道。她和每天一样对着发生的事大摇其头。

世界上发生着这么多的动荡，她说。

这只是新闻，妈妈，布丽特说。那是垃圾。

她的母亲总是以为新闻很重要。所有人，除了她母亲，都知道如今你想了解真正发生的事情，就不能看新闻。但她仍然相信电视。老人都这样。

不知道到底会怎么样，她母亲说。

她的母亲对现实世界没有一点了解。辛劳，欢笑。不是

---

① 用了布列塔妮名字中不列颠的双关含义。

说工作当中没有很多笑声。有那种拘子发出的，听起来像什么东西坏了的笑声，还有一些监护长官嘲笑拘子的笑声，刺骨的笑，威胁的笑。一般来说都嘈杂极了：笑声、哭声、撞门声、砸门声、叫喊声。这是份吵闹的工作。除非你在扫描室、接待室或探视室。让他们笑，让他们哭，让他们等：每当有拘子发出那种狂笑的时候，托奇就会这么说，让他们等好了：这里有一些人，在这个建成时设计为最多拘留 72 小时的地方，已经经年累月地待了一年又一年，很多年。

72 小时？三天。

这里的大多数人已经至少待了几个月了。

你好，树篱。

再见，树篱。

日复一日。

但*那一天*呢？整个地方都不一样了。

它静得出奇。

没有人笑。没有人哭。不管是拘子们还是监护长官，没有人撞门。

故事传开了。

一个孩子，一个穿着校服的女孩，显然是大大方方*走进中心的*。

首先，这是不可能做到的。不管是在这家中心，还是任何一家中心，都是不可能的。直接走进去，没戏，别想了。在这里——这还不是安保最严格的地方——你必须被搜检、拍照、检查、拿到访客吊牌、检查、扫描、再次检查，然后才能过安全门、各种门、栅栏、各种门，再来三次检查，然后在翼楼接待室接受最后一遍检查。

有传言说这个孩子也曾经在其他四家移民遣返中心进进出出。

撒谎,布丽特说。假消息。

然后她看到了土耳其拘子和波兰拘子,阿德南和托迈克,他们房间里的厕所。

然后是 B 座翼楼的其他几个厕所。

真的很干净。

这是个大愚人节玩笑吗?她和戴夫说。在他妈的 9 月?是 SA4A 搞的什么测试吗?

戴夫没有亲眼见到那个女孩,但他听到了一些传闻。他在喝咖啡时把这些传说告诉了布丽特。她那天下午在探视室做事,又从鲁塞尔那里听到了一些传言,和她一样,鲁塞尔觉得这些全都是胡说八道。

传说那个女孩,听好了,也按了伍尔维奇一家妓院的门铃,进去了,然后又全须全尾地出来了。

什么,还穿着校服?布丽特说。

她和鲁塞尔狂笑不止。

传说拉皮条的叫来了几个警察。*来抓她。把她抓走吧*,他们说。*求你们了。她他妈的是来砸场子的*。她前脚进了门,半个小时就串了几间屋子,劝说正办事的客人们立马停下来痛改前非,这本身就很好笑了,然后她让前门的人把锁打开,把十五个十几岁和还不到十几岁的女孩给放了,让她们跑了出去,逃命去了。

是啊。

没错。

传说还有一个自残的拘子，C 座翼楼的一个厄立特里亚人，布丽特不认识他，他抬头一看，发现那个女孩在他的房间里，就那么站着，好像*他妈的圣母玛利亚显灵了*（鲁塞尔的话）。自残的厄立特里亚人对她说，他们关我的这个地方太让人绝望了，我为什么要活着？我活着只有痛苦。然后这个女学生对他说了一些话，虽然他不愿意告诉别人她说了什么，但现在他就像一个新人一样。鲁塞尔和布丽特花了十分钟编造出她对他说的那些话，全是些下流话。胡扯，布丽特说。她是怎么能走到 C 座翼楼还不被扔出去的？她有翅翼，鲁塞尔说。像天使一样飞，脚后跟上有少女卫生巾的小护翼①。

还有传言说，女孩的母亲是树林区的一个拘子，因为申请到了一所大学的一门课程，在本地长大但没有护照，于是内政部把她带走了，她只是匆忙出门了十分钟，去了阿斯达超市，没穿外套，内政部就在街上把她接走了，接走她的时候，购物袋还留在人行道上。然后这个女孩在母亲进去几个星期之后把自己弄进了树林区，女孩站在那里，让守门的人当晚解决这个问题，让监护长官打开她母亲房门的锁，再打开单元的锁，然后关闭系统，放她母亲出来。

他们当然会照做了，布丽特说。我们都会这么做的。她们只是需要好好地求求我们。

---

① 这里将女孩与希腊神话中众神的使者，行动如风、足后生有两翼的赫耳墨斯（Hermēs，罗马神话称墨丘利，Mercury）相比。

她和鲁塞尔狂笑不止。

但——

听着。

很明显。

树林区出现了一个内部漏洞，一些人逃跑了，没有视频记录。但前门对面的闭路电视回放显示，有个女人半夜里走出了树林区，还有几个人和她一起走了出来。

布丽特笑了。这比喜剧还精彩。她笑啊，笑。她笑得那么夸张，那么大声，四下里来探望拘子的人都转过身来瞪着她。她不得不止住了笑。

然后她走回房间，确保没有一个拘子的肢体触碰到任何人，没有一个拘子坐在任何人的旁边。坐在家人旁边是被禁止的。

但这个胡说八道的故事传了一整天，越滚越大。

它传遍了整栋H楼。

有人，一个秘书，从门缝里偷听到那个女孩对管理层说的话。

她在里面最多待了十分钟，桑卓（欧茨的秘书）在员工女厕对布丽特和另外几个人（加上作为名誉女性的托奇）说。

桑卓说得很小声，尽管所有的厕坑门都开着，里面没有其他人。

她说得很平静，很有道理，桑卓说。她声音很小，我听不太清楚，但我听得见为什么这个词，我能偶尔听见为什么。我没在偷听，我竖起耳朵听是以防需要叫保安。但她那会儿已经从*他们身边走过去了*,却又没被他们找任何麻烦,他们没有阻拦她,她从他们身边走过,就像从我身边走过一样轻松,她大方地看了我一眼,除了大方我想不到别的词,我没有阻拦她,我也不想,她敲了敲他的门,直接走了进去,坐在那里等他。然后他进了办公室。我试过要阻止他,警告他,但他当时正处在那种"桑卓快滚"的情绪里面。

然后,过了大概五分钟,十分钟,她从办公室出来,说,*再见,桑卓,非常感谢你*,我不知道她怎么知道我的名字,但她就是知道。她走后,他把我叫到办公室,满脸通红,让我去我桌上给蒸汽清洁公司打电话,叫他们尽快过来。

传说,桑卓在女厕里低声说,传说这个女孩去过其他几家移民遣返中心了,劝人做各种离经叛道的事,比如好好打扫厕所。

她长什么样子?布丽特说。

像个女学生,桑卓说。你在公交车上能看到的那种。

桑卓带他们去她的办公室,给他们看电脑上的闭路电视回放。桑卓的办公室真的很好,像一间正常的办公室。桑卓也让他们偷看了一眼欧茨的办公室,装修很不错,房间宽敞极了。

在回放里,他们看到一个四处走动的小个子女孩的头顶。

她走来走去,就好像她就该在那儿。没有人阻拦。每当她面前的一扇门关上,她就等着,直到门因为其他缘故打开,她再径直走进去。他们看到的就是这么平常,这么简单,一点也不神秘。一道门打开了。她穿行而过。

然后布丽特的班就结束了。

她可以走了。

她上了火车。

她坐着,盯着窗外。她的视线从窗外移到窗子表面的痕迹和污点,里面的污迹,外面的污迹,再回到窗上的污迹之外的世界。

一些员工始终说他们知道这个女孩,说她和另外一个工友孩子的朋友一起上合作学校①。

一些拘子说他们听说过这个女孩,知道她是谁。她在一个小舢板上活了下来,从希腊过来。

不,她穿过了沙漠,一路途经那些没能活下来的人的骷髅,靠喝自己的尿维持生命。

她穿着她小弟弟的曼联足球队队服横跨了世界。

他们说认识她的父亲,说她的父亲已经死了,是错误的时间、错误的地方一个重要政治人物。

他们说认识她的母亲,她在意大利附近的一艘沉船上淹死了。

他们说她遭到了轰炸,家人不得不逃命,游击队把他们当成驴子,让他们连日把营地的东西扛了好几英里,她的父

---

① 虽然合作学校(Co-op Academy)的早期实践可以追溯到19世纪30年代,但它在2006年后才在英国重新流行起来。英国的中小学教育是免费的,合作学校与传统学校的主要区别在于更少受到地方管理部门的管辖,而与当地社群、企业、慈善机构等联系更紧密,有较强的回馈社会性质。同样的合作模型中还有连锁超市、葬礼服务等,但合作学校在英国还尚属新兴事物。

亲在第一天停下来请求休息，游击队说，这就是你的休息时间，并当场把他打死了。

这时，一直在听人讲这个故事的布丽特不由自主地瞥了一眼南苏丹人帕斯卡，他低着头，一言不发。他的案件记录显示，他曾表明自己不仅被逼观看父亲和兄弟的砍头，还被逼选择用哪颗头来踢足球，而且在逼迫之下还真的这么做了。

但在火车上，回家的路上，让布丽特感到惊奇的是在她想到那个女孩的时候，浮现在她自己脑海里的东西。

她在幻觉中看见了自己的母亲。

在幻觉中，布丽特惊慌失措的母亲被关在树林区的一个单元里。她坐在塑料被褥上，看着地上的下水管道孔。布丽特在幻觉之中一边看见母亲的脸，实际也看得见那个排水孔里传来的气味。

每个人都知道，树林区对那里的女人挺狠，比如和一群陌生人住在一个淋浴间里。更糟糕的是搜身。从未上报过的殴打。传说中的强奸。当然有。布丽特听说了，他们都听说了。无风不起浪。再说，那些在世界各地遭到性买卖，最终被送到树林区的妇女都对天发誓了。在那里的拘留比她们的一切遭际都更可怕。

布丽特摇了摇头，清空脑袋。

她的母亲很好。

她的母亲正在家看电视上的议会频道，在空荡荡的屋子里对自己大声说，*不知道会怎么样*。

别管了。

这时她才意识到,她今天忘了对那些破树篱说再见了。

妈的。

她很迷信这件事。其实是犯傻。

她想着那些深绿色的小叶子。树篱的气味。宜人的苦涩。她想,过不了多久,根本过不了多久,再看那一个个种着树篱的花箱,里面那相互紧挨着的、崭新的小嫩芽——现在已经不只是小芽,而是灌木丛了——就会长成一整片树篱,而不是刚种下时那一堆各自分离的植物。

现在在脑海里说,就像对着它们说:再见,树篱。

又过了一天。

是的,不过。

这一天太丰富了。

双翼上的女孩。

纯属神话。

胡说八道。

但又是真的,各处的厕所,或者说她去的那座翼楼的厕所,绝对都深度清洁过了。

很好。有人做了对的事。

早他妈该这么干了。

一天下午——

托奇给她讲了另一天的故事，唯独和这一天有点像的一天，早在她来之前很久，早在他自己还是个新手的时候——

我才到这里六周左右。4点钟。我当时正在休息，我们在员工室，然后翼楼传来奇怪的噪声，声音越来越大，就像，怎么说，像看着海面上的波涛一浪高过一浪地涌过来，然后我们意识到是拘子的声音，是拘子们在笑。我们面面相觑。那种笑不是狂笑，不是吸了毒，也不是打架，而是一种完全不同的笑。我们整个就，啊，*搞什么？*

于是我们穿上了防暴装备。

每个有电视的房间里都挤满了拘子，他们全在看一部黑白老片。我能从他们的头顶看到片子。那个留着希特勒小胡子、戴着圆顶硬礼帽的默片男人坐在路边，抱着个裹在毯子里的婴儿，看起来就像，我干吗抱着个孩子？他用脚在路面掀起下水道井盖，就好像要把孩子扔进下水道，但后来他决定不扔了，因为有个警察，然后我也在笑。大家都在笑，翼楼四处回荡着他们和我们的笑声。在那以前，或自那以后，我都没有见这里的拘子笑过，我从来没真正听到过他们说话，那些个不会说英语也从来不讲话的人，那些暴力狂。连那个常被关禁闭的伊朗倒霉蛋，他也在笑，每个人都在笑，就像孩子一样。他没有把婴儿扔进下水道，而是把婴儿带回家，放在一间臭烘烘的破屋子里，里面的一切都是破的，然后他摸索着喂养这孩子、每天给弄得干干净净，婴儿于是长成了一个聪明的小孩，到处扔石头，砸窗户，而那个差不多成了他父亲的穷苦人就以修玻璃为生，这样每次小孩打破窗户，过不了几分钟，他就背着一块新玻璃经过，拿到家庭主妇的修理费。

没什么特别的，布列塔妮亚，就是一个孩子、一个男人、一块玻璃、一块石头、一个警察的蠢故事。电影一放，就把这个地方变得我完全不认识了。电影结束的时候，人们泪流满面。电影放完，人们在翼楼四下里徘徊，就好像我们都是些正常人。

当然了，这一切又都很快陷入了另一种正常。

但我记得当时的感觉是，这真的有点像是战壕里的圣诞节，记得在保罗·麦卡特尼唱圣诞歌曲的视频里，他们一块踢着足球，相互赠送他们配给的口粮：烟、巧克力。

以下是布列塔妮·霍尔在身为英国移民遣返中心被拘留者监护长官的头两个星期里学到的：

• 把身上的摄像头关了，直到有拘子真的马上要失控了再打开。没必要在人仍然平静的时候拍摄，这位名叫奥哈根的监护长官说。比如说，这个猪头这会儿只是在那叽叽歪歪，但你必须学会感知那个时间点，也就是从什么时候开始，他会在十秒钟左右之内把头往墙上撞，<u>那时你再打开摄像头</u>。你很快就能掌握要领了。不，他还好。他只是在发火。他没什么问题。他这么做只是想把我们惹恼。

• 发火就要被关禁闭。没有被褥，24 小时开灯，全天候每 15 分钟一次安全检查。

• 对自杀观察的拘子，你能说的一句话就是：*继续啊，我看你敢不敢*，因为他们这么做基本是为了引起注意，或惹恼工作人员。

• 根据一些监护长官的说法，*阴囊、猪头、阴茎和鸡巴*都是对拘子的合适称呼。

• 一次检查中返回的统计数据表明，拘子们喜欢工作人员，认为他们总体上平易近人、通情达理。这方面的统计数值在不会说英语的拘子当中尤其高。

● 有位监护长官人称香料①长官（这位监护长官名叫布兰顿）。他会给拘子他们想要的东西，真的特别想要的东西，如果里面有孩子，那么布兰顿或者拘子们就能在孩子身上测试香料的效果怎么样。

● 一般来说，得了癌症的那个库尔德拘子总能拿到扑热息痛，除非是周末医生不在的时候，在这种情况下，他就得像其他人一样等待星期一了。

● 管理部门考虑在每个房间里添置第三张床。在翼楼工作的人没人觉得这是个好主意。戴夫告诉她，工作人员曾经反复跟管理层说这样做不好，但管理层还是这么做了。*不是三个男人和一个婴儿，是三个男人和一个厕所*。还引用了一部老片。每个房间都有厕所。*套间。嚯嚯*。厕所没有盖子，大部分厕所都在房间里，与床之间没有屏风或别的什么东西。这产生了一个优秀的连锁反应：很多拘子都不怎么吃饭了，因为除非他们疯了，否则没人想在别人面前大便，而拘子们从晚上9点到早上8点会被锁在房间里13个小时，白天还有两次点名，戴夫说这都是对括约肌的良好锻炼。

● 那些在英国长大的拘子是最郁闷的，也可能特别麻烦，部分原因是其他人都不愿意和他们交朋友。*我认识一个*，鲁塞尔告诉她。*我看到他在这里，我跟他*

---

① 香料是合成大麻的婉称。

说，劳里，天啊，你怎么在这啊？我们小学和中学一直都是同班同学。十二年的同班同学。他说，我被拦下来，在一家超市外面被搜了身，我站的地方离一辆保时捷太近了。他们把我带到一个天知道在哪的车站，然后半夜把我叫醒，戴上手铐，带我来到这儿。

第二天我去了办公室，我查了他的记录，他会在之后那天的早上被驱逐到加纳。我跟他说了。

加纳？他说。我对加纳一无所知。我从来没去过。我都不知道加纳在哪。

• 鲁塞尔还行，但想法下流，粗鲁得要命。戴夫还行。托奇也还行。托奇喜欢看书，有点像乔什，不过是个同性恋。他们第一次轮班到一起时，他在她耳边说，一位名作家在20世纪30年代说过，虐待动物会让你受罚，但虐待人类会让你飞黄腾达。这是建议吗？她不确定该怎么接。她那时对托奇的了解还不够。还不知道什么好笑，什么不好笑。有人在员工室像讲笑话一样讲了个故事，说的是一个拘子被送上飞机，但他直到走都没来得及发现能让他留下来的文件早在之前就到了中心了。很好笑吗？许多监护长官都笑了。还有人这样告诉大家：好吧，所以有个拘子向内政部投诉了。他说，我在我自己的国家坐过牢，因为他们不喜欢我的政治观点。而我在国内蹲监狱和在英国拘留并没有什么两样，除了在英国我还没被打过。内政部于是给他回信说：很高兴能帮到你（笑脸）。是笑话吗？本意肯定是的。大笑，大大笑。

乔什最近哪去了？你和他出什么事了？她的母亲在晚饭时又说。

我怎么知道？布丽特说。

抱歉我说话了，母亲说。

时间仍是9月。布丽特正躺在卧室的床上，她的私人空间。

她最后一次见到乔什是8月，他们上床了。因为乔什后背的缘故，他们现在难得这么做，但他们还是上床了，很好，然后乔什不停在说他正读的一本历史书，书里有个人，在纳粹占领的城市去找一个党卫军，党卫军刚把一个落难的人的脸给打了，用的是手枪或者纳粹的什么物什，然后这个人，一个平民，一个大学或者中学里面常见的那种老家伙，教授那种类型，他去跟党卫军说不要这么干，他实际的措辞是，*难道你没有灵魂吗*。然后党卫军转过身来，向教授的头部当场开了一枪时，那人就倒在街上，死了。

乔什说起这个故事，是因为他们上床之前她一直在对他说，中心有个名叫英雄的拘子，名字有时候真的很有讽刺性。当乔什说到有人向那个有学问的人头上开了一枪时，黑暗——她头脑里的黑暗——就降临了。

黑暗笼罩着她的眼睛和额头,就像一块厚厚的窗帘,饱经历史沧桑的房子,或者真实频道《最闹鬼现场》节目里那种旧窗帘,真切得让她几乎闻得到窗帘的材质。

潮湿的霉味。

我想知道,乔什说,风气①是什么意思。

风什么?她说。

就比如说,在一部塔伦蒂诺的电影里面,乔什说,如果你看到一个硬汉背叛了别人,直接把那人打死了,那么这件事基本上就是正面的。一般说来,我们还应该觉得这背叛有种喜剧效果。

喜剧效果,好吧,布丽特说。

她和乔什都是他们那一级的好学生。

我们还得觉得,乔什说,即便他是个坏蛋,是个恶棍,他也像个英雄好汉一样酷,因为他真的是个硬汉。但是。这是不是就意味着,英雄气概就*可以没有灵魂*,我是说,没有灵魂的人能够成为英雄?又是否意味着,我们应当认为这是一件好事,或者一件值得向往的事?

坦白讲,乔什,我真的,真的,操心不了,也不去操心这些破事了,布丽特说。

她转过身去,离远了。她疲惫不堪,头疼得要命,鼻子里有一股腐烂的味道。她闭上眼睛,又睁开。里里外外都是一片黑暗。

---

① ethos,一个文化、时代或特定人群中通行的一种精神气质或导向。

你不去操心,对不对?乔什说。你没这个能力了。

他把自己从床上一把推了起来。

我没什么能力了?她说。

没有操心这些破事的能力了,他说。你就是这么说的。这也是事实。你连我操你的时候都不走心了。你几乎什么都不走心了。你没有心了。

接着他们又吵了一架,他对她说,她堪称把人生过成了一堆大便。乔什喜欢用大词来做形容。喜剧效果、风气、堪称、大便。

你怎么敢这么对我说话?她说。

她这么说的时候,他笑了。他的笑声让她怒火中烧,烧遍了全身。

我的意思是,你只能从自己的角度看问题,他说。

那又怎样?她说。这他妈只不过让我和世界上活着的其他人一样了而已。

这会让你想都不想就自以为是的,他说。这不是你的错。是你找的这份工作,它让你比我们这些人都更疯狂了。

我找的这份工作给我发工资,她说。我现在比你挣得多。绝对比你上班*那时候*挣的要多。这是一份真正的工作。安保是有成果的。

(这样说有些不厚道。乔什在5月的时候被在线送货仓库解雇了。)

安保,乔什说。那是你这么叫它。我管它叫维持幻觉。

什么幻觉?她说。

认为这事不过是把人拒之门外而已。他说。

什么事？ 她说。

做英国人这件事，他说。做英格兰人。

你他妈的在说什么啊？她说。

把我们自己用墙围起来，他说。搬起石头砸自己的脚。伟大的民族。伟大的国家。

说堪称一堆大便的可是你，她说。政治正确的大城市自由派那些狗屁。都是从网上和报纸上得来的意见。你他妈自己才堪称是一堆大便。

为什么这么说？乔什说。

他说得很平静。他的那种平静让她生气。他的口气就好像他是对的，她是错的。

不，真的，布列塔妮，我是认真的。他说，为什么我是大便？告诉我。给我一个理由。一个好的理由就行。

因为我说你是，她喊道。

看到了吗？乔什仍然十分平静地说。这就是那份工作对你的作用。

砰的一声。(卧室门。)

布丽特一边希望他的父母或兄弟不要上楼，一边在楼梯间重新套上衣服，然后她在楼梯间站了整整一分钟，等待着。但乔什并没从他的房间里面出来道歉。

好吧。

管他的。

砰的一声。(房子的正门。)

大便，她回家的一路上都在想，她离开他家那条街时很生气，转弯走进她自己家那条街时也很生气，恶心的臭大便，那天干活的时候又弄了她一手，还弄在她的鞋子上，后来她以为已经把它全部弄掉了，可脚踝上还是有一小块。

一个被长期观察的拘子一直在扔大便。他老是这么干，好引起人的注意。

不管你洗了多少次手，也不管他们把它清理干净了没有。大便都还是无处不在。

我因为犯了身为移民的罪，已经在这儿待了三年了，一个拘子对她说。你们如果要把人在这里关这么久，就不妨让我们做些事。我们可以拿个学位啊。做点有用的事。

有用？她说。学位？嚯嚯嚯。

我穿越了整个世界来这寻求你们的帮助，一个库尔德拘子对她说。可你们却把我锁进了这间牢房。现在我每天晚上和一个不认识的、宗教信仰也不同的人睡在一个厕所里。

这是房间，不是牢房。她说，你能有地方睡觉已经很走运了。

一个拘子仰面躺在房间的地板上，头离马桶很近。他从这个角度，自下而上地盯着围栏之外，还有头顶上透明玻璃之外的什么东西看。

为什么我们在这个监狱里不能打窗？他说。

*打开*窗，她纠正说。而且这也不是监狱，这是一家专门建造的移民遣返中心，借鉴了监狱的设计而已。

当你住一家借鉴监狱设计的移民遣返中心，你会梦空气，拘了说。

当你*住在*，她说。或者说，当你*住着*，你会梦*见*空气。

他的名字叫英雄。越南人。记录表明，他被密封在一个陆路运输集装箱里，经过了七个星期才来到这里。

一架飞机轰鸣而过。

谢谢你给我纠正语言，监护长官布·霍尔小姐，他说。能得到人的帮助是件好事。和我说说。呼吸真正的空气是什么感觉？

呼吸一下，她说。*这是什么感觉。你为什么躺在地上？在数飞机吗？*

飞机以每几分钟一架的频率震颤着大楼。

他说，我看着岩。

他想说的是云。

看，她说。*看云。看它是马的形状，还是地图的形状？我玩过这个游戏。*

他看了看她，然后抬头看着，又望向远方。

没有马。没有地图，他说。

那天晚上，她和员工中的几个女孩还有托奇一起出去玩，去考文特花园度过一个喝好酒、吃小吃的夏夜。从地铁出来的路上她路过一对夫妇，他们坐着一辆顶篷放了下来、困在拥堵车队之中的 Sports 奥迪车。他们冲着对方嚷嚷。

都是你，女人冲着男人尖声喊道。

不是都是我，男人冲着女人喊道。

那时布丽特抬头看了看。他们头顶的天空万里无云。无岩。她想起上学时候的地理课。云只有在具备一小片什么东西时才会形成，比如一小块灰尘，一小片盐粒。气溶胶。水蒸气上升并黏附在上面。那些巨大的白色形体仿佛冬天里上帝的呼气，而那些小小的白色碎片，肮脏的灰色云层，它们都不过是由空气塑造的灰尘与水。她躺在床上，看着天花板的 Artex 涂层。Artex 是石棉。她的父亲死于石棉沉着病的并发症，但这东西遍布着他们所有该死的天花板。

不管了。

9 月份了。

整个炎热的夏天，到处都是被怒火烧得通红乃至紫红的人们。

都是你。

现在天气凉了，她对这一切也更冷静些了。她正在学着像岩石一样坚硬起来，嚯嚯。就这么简单：她把灯关了，把另一个备用枕头放在头顶。

她睡了。夜晚过去。手机闹钟响了。她醒了。

她起床，穿上干净的衣服，坐公交车到车站，坐火车去上班。

一天，在城铁站外面，一些 BBC 的人正针对当下的一些事情采访路人。一个男人把长话筒伸到了她的鼻子下面。另一个男人对她说，*告诉我们英国脱欧对你意味着什么。*

她想到了中心的所有人。

她想到福利部的斯泰尔对她说的，现在不管是对谁，要想让人听进去关于拘子福利的任何事情都更难了，既然来自别处所有地方的所有人都是移民，而合法移民和非法移民一样，都不受媒体和公众的待见，那就干脆眼不见心不烦。

就接着搞呗？她对着话筒说。

记者点了点头，就好像她说的话很重要。

你认为政府应该继续脱欧，他说。

是的,她说。我们有什么选择呢?讲实话,这事现在狗屁意思也没有了。原谅我的用词。我的意思是,外面有一整个比英国脱欧要大得多的世界,对不对?但是。算了。

记者问她在脱欧公投中投了什么票。

不,你看啊,我不会告诉你我投了什么。不管投了什么,我都不想让你觉得你能对我下个什么判断。我要说的是,我那时比现在年轻,我那会儿仍然觉得政治很重要。但这一切。这无休止的。它正吞噬着,那个,那个,你知道的,灵魂。我投了什么,你投了什么,别的什么人投了什么票,都不重要。因为如果最终没有人会听、会关心其他人的想法,除非其他人的想法、信仰和他们一样,那么又有什么意义呢?而你们这些人。一直在问我们的想法,好像我们的想法很重要似的。你们根本不关心我们怎么想。你们只是想吵架。你们只是想用我们填满播出时间。告诉你们脱欧意味着什么吧。脱欧让我们都变得毫无意义。你们让我们变得毫无意义,而那些当权者,做下这一切只为了*我们*、为了*民主*(对,你就逗我吧)的当权者。他们这么做是为了他们的利益。他们每天都在让我们变得更没有意义。

他们向她表示感谢。他们问起她的名字和工作。

布列塔妮·霍尔。我是一个 IRC 的 DCO①。

女助理没有问这些词是什么就把它们写了下来。她把名字写成了"小甜甜布兰妮"中的"布兰妮"。人们常常就这么粗心。她把所有的东西都写错了。布兰妮·霍尔 DC RC。

---

① 也即一家移民遣返中心(IRC)的被拘留者监护长官(DCO)。

所以布丽特究竟是什么人、是谁,并不是真的那么重要。

她穿过闸机,上了火车(采访耽误了她的时间,所以她没有座位了),去上班。

她下了火车,出了车站,走在了机场几道刀片铁丝网的围栏之间,那通往管理层/访客停车场的路上。

你好,树篱。

以下是布列塔妮·霍尔在身为英国移民遣返中心被拘留者监护长官的头两个月里面学到的：

● 隐私的意味。（意味着她不是个拘子。）

● 针对中心的独立检查所开具的官方报告对这个地方有什么影响：它意味着给探视室安装了一台新的饮水机。

● 这个国家在每一刻都有 3 万人处于拘留之中，而整个拘留地中被扣押拘子的数量正是维持在这一水平，才使 SA4A 的工资保持稳定。

● 囚犯们在翼楼上徘徊，像是在倒时差。他们被拘的时间越长，时差也就越长。他们第一次来，会和那些与他们有些共同点的人交朋友，不管这共同点是原籍、宗教，还是语言。然后这种友谊就消失了，你会周而复始地看到这个过程，因为他们现在真正的共同点是粪便，开放厕所，以及无限期的拘留，这意味着无从知道你什么时候会出去，你会不会出去，你一旦出去，再过多久又会再进来。

● 如何选择与哪些拘子讲话，又对哪些拘子置之不理。

• 如何在别的几个监护长官擒住某个人的肩臂时，或你们四个人坐在某个人的身上使他冷静时，相互谈论天气。

• 如何不假思索地说，*他们发火了。我们不是宾馆。如果你不喜欢这里就回家去。你岂敢问我要毯子。*当她听见自己说出最后一句话的那天，她就知道有可怕的事情发生了，但到了现在，那可怕的，像死亡一样可怕的事情，在感觉上已经离她很远，就好像并不真正在她身上发生，就好像发生在珀斯佩有机玻璃的那一边，它就像中心的窗户里面的东西，而那不是真的窗子，尽管它们被设计成窗子的样子。

拘留是维持行之有效的移民系统的关键。

嚯。

没有人被无限期拘留，拘留情况将受到定期审查，以确保其合法并符合比例。

嚯嚯嚯。

然后发生了这件事。

时间是10月的一个周一。布丽特下了火车。当时是上午。她的班排在下午。她下楼走到闸机那里,出了站。

有个学生坐在车站外面一张金属座椅上。

借光,那孩子说。

我?布丽特说。

(刚从火车上下来的有不少人。)

你能帮我个忙吗?女孩说。

布丽特看了眼手机上的时间。

你这么大的孩子不应该在上学吗?她说。

这其实是个非常好的问题,女孩说。

那你最好回答一下,布丽特说。

我会的,女孩说。到时候会的。但现在我在想。

想什么?布丽特说。

想DCO是什么意思,女孩说。

什么?布丽特说。哦。

(女孩眼睛的高度与布丽特的挂绳工牌齐平。)

意思是我是一名监护长官,布丽特说。

D 代表什么？女孩说。

被拘留者，布丽特说。

B 是什么？女孩说。

布丽特抓起工牌，拿在手里。

是我的名字，布丽特说。

你的名字是字母 B？女孩说。太酷了。真是个好主意。

别傻了，布丽特说。这明显是我名字的第一个字母。

我打算把我的名字改成它的第一个字母，女孩说。

你的名字是什么？布丽特说。

F，女孩说。

这让布丽特笑出了声。

到底是什么呢？布丽特说。

弗洛伦丝，女孩说。

你要是弗洛伦丝，那我不就成了你的机器①？布丽特说。

女孩看样子很开心。能够使人开心，这让她产生了一种奇异的振奋感。

别乐了，你叫弗洛伦丝，大家肯定经常会拿这开玩笑，布丽特说。

没错。但他们一般会说，你的机器在哪啊，弗洛伦丝，诸如此类的。但没人真正表示过自己是我的机器，女孩说。

是，但我的确是机器，布丽特说。不过不一定是你的机

---

① 弗洛伦丝与机器（Florence and the Machine）是成立于 2007 年的一支英国独立摇滚乐队。

器。好了，现在机器对你说的词是：上学。你难道不应该正在努力学习方程式，或者学些别的什么吗？你上的是什么学校？我的意思是，你没去上的那个，是哪个学校？

这句话又让女孩笑了。布丽特试图看清笑着的女孩西装外套上的小纹章。Vivunt spe. 拉丁文。活着，活。他们生活。之类的。

女孩从口袋里掏出了一样东西，伸手递给了布丽特。布丽特在她身旁的金属座椅上坐了下来。

那是一张明信片，看起来很旧，像是多年之前寄出的，上面有一条水位不高、裸露出许多岩石的河流，还有一些树木。照片中的三个孩子在很远处亮蓝色的河水里划着船。蓝色被增强了，是假的，水并不是真的那么蓝；也许绿色也被调绿了。但明信片上是一个晴朗的日子，蓝天有点雾蒙蒙的，飘着一朵云，远处有山坡和山脉，一些树木，还有通往河边的石滩，后面长着很多草。卡片的底部写着 *金龙西·吉纳克河和 5359W 高尔夫球场*，而一旦你知道这是一片高尔夫球场，你还能在照片的远处辨认出三个小极了的身影，想必是打高尔夫球的人。

嗯哼，布丽特说。这是谁寄的？我能看看背面吗，还是说这是隐私？

如可，那个女孩说。

如可？如可是什么意思？布丽特说。

如可的意思是，如果你愿意的话，可以，女孩说。

谢会，布丽特说。

谢会是什么意思？女孩说。

谢谢,我会的,布丽特说。

你说我的语言!女孩说。

卡片*的确*很古老,盖着几十年前的邮戳,比布丽特出生还早了十年:

> 16 04 86 下午 5 点 30 分因弗内斯"向喀里多尼亚①致敬"出品亲爱的西蒙我们周六晚上 5 点 30 分到达金尤西旅途很愉快。这里天气非常暖,今天周一阳光充足极了我下午要去因弗内斯坐大巴去看看尼斯所以现在拜拜啦。德斯蒙德叔叔寄来

她把卡片交还女孩。

怎么了?她说。

卡片上的这个地方到底在哪里?女孩说。

上面写了名字的,就在那,布丽特说。

在国家的哪里?女孩说。

查一下吧,布丽特说。在手机或电脑上查一下。如果你现在在学校的话,轻而易举就能查到了。

如果我不想用电脑呢?女孩说。

因为?布丽特说。

我就是不想,女孩说。

因为?布丽特说。

---

① 罗马帝国时期,喀里多尼亚(Caledonia)指苏格兰福斯河以北的地域。

我不想在旅途中留下任何足迹，女孩说。

因为？布丽特说。

这就对了，女孩说。因为。

为什么会有人想要这样？布丽特说。

你应该知道的，女孩说。你可是机器。但我怎么去那呢？我是说真的。它在国内吗？

你得问问你的父母，布丽特说。

假设，我们就假设，女孩说。假设我谁也不想问。

为什么呢？布丽特说。

除了你，女孩说。

你在问机器，布丽特说。

不，我在问你，女孩说。我该怎么办？

好吧，在苏格兰，布丽特说。

是吗？女孩说。哇。

是的，布丽特说。（99.99%确定；起初她觉得这么怪的地名可能是在德文郡，如果不是的话就可能在约克郡。但背面写了尼斯湖。尼斯湖肯定是在苏格兰。）

它在哪，我的意思是，从这走的话？女孩说。我是说，我知道苏格兰在哪。但在苏格兰的哪里？一个人怎么去这呢？

一个人可以飞，或者坐火车，再或者汽车可能最便宜，布丽特说。一个人很有可能需要一个大人买票。如果一个人想花钱，也许就能从这飞到那附近的什么地方。这个人想去的是这条河吗？当然是了。我看得出来。你显然是个大高尔夫球手，巡回来，巡回去，要把全国所有的高尔夫球场都逛一个遍。高尔夫球手可逃不过我的法眼。

那女孩在旁边笑得都快融化了。

你的小鸟球打得怎么样？我是说你的老鹰球。你的超一杆呢？布丽特说。

都很好，谢谢你，女孩说。

你要小心，不要把球打进那条什么河里面，布丽特说。再给我看看。吉纳克河。听起来有点像个医学名词。德斯蒙德叔叔呢？他是个高尔夫球手吗？西蒙呢？他们有车吗？他们可以开车送你去。

我不认识他们，那个女孩说。我想他们不重要。

不重要？没有人不重要，布丽特说。

这句你要说话算话，女孩说。我的意思是，我想这张卡片只是一个例子，我只需要从它那里知道我要去的那个地名。

所以是谁给你寄的卡片？布丽特说。他们能开车送你去吗？你的家人呢？

如果一个人没有家人开车送她呢？女孩说。

什么意思，没有家人？布丽特说。

你有车吗？女孩说。

如果我有车，还会每天坐这班火车来上班吗？布丽特说。

你可能会，如果你有环保意识的话就会，女孩说①。你能开车载我到这个地方吗？

---

① 环保意识，呼应上文女孩所说不留下（碳）"足迹"的双关含义。

应该是照看你的人带你去，而不是你不认识的人带着你，布丽特说。你不能张口就让陌生人开车带你全国上下四处转。21世纪了。陌生人比从前的任何时候都更危险；我们从没有这么危险过。谁在照顾你？

寄养家庭，女孩说。

那寄养家庭住在哪儿？布丽特说。

然后她说，哦。寄养家庭。

我必须到那儿去，女孩说。耽误不起。越快越好。

你的寄养家庭会带你去，布丽特说。

女孩摇摇头。

你为什么这么想去那？布丽特说。那边出了什么事？不可能那么急。卡片可是三十多年前寄的，哈哈。

要坐火车去那里的话，女孩说。你会从伦敦的哪个车站去呢？

问你的养母去。让她在手机上查一查，布丽特说。

能用*你的*手机帮我查一查吗？女孩说。

呃，布丽特说。不如这样。如果我查，你能不能帮我做件事？

我可能会，女孩说。

成交，布丽特说。或者说，你给我多少，我们就成交多少，清清楚楚。

她掏出手机。她看到自己上班迟到了不少。但她还是输入了那个地方的名字，并举起来给女孩看。

每天都有从这里出发的直达火车，布丽特说。或者——你可以去*这个*地方，它是——是什么？

她把手指放在"爱丁堡"这个词上,给女孩看。

它是哪里的首府呢?布丽特说。

所有的机器都这么自以为是吗?女孩说。

这是给你看看机器的本性,布丽特说。这提醒我了。我得上班。好吧,那么你去*那儿*,然后换乘另一班火车去*那儿*。

假使我们今天去,女孩说。我们今天能到吗?

假使你今天去,呃,我不知道,布丽特说。我觉得可能到不了。坐火车到不了。坐飞机的话可以。那地方在很北边。

哦。

女孩的表情变得沮丧起来。

你应该能一天走完一部分路程,然后第二天走完剩下的路程,布丽特说。但我最好不要告诉你这些,不能协助教唆一个离家出走的小孩。你最好别是从家里逃走了。

从哪里逃走都不是我的本性,女孩说。

很好。那好吧,布丽特说。你欠我的。

欠你什么?女孩说。

我为你做了一件事,布丽特说。你答应过我,也会为我做一件事。

我说的是,我可能会,女孩说。

我想让你答应我,布丽特说,你会给照顾你的人打电话,告诉他们你在哪,打算做什么。

不能,女孩说。

为什么不能?布丽特说。

没有电话,女孩说。

她站起身来,向车站正门跑去。

把他们的名字和电话号码告诉我,让我告诉他们你在哪,布丽特在她后面叫道。告诉我你的学校叫什么。至少。

来啊!女孩说。快。我们要误火车了。

我哪儿也不能跟你去,布丽特说。

她听到女孩告诉看守闸机的人她没有票。那人还是打开了闸机。她听到女孩飞快地说了一句谢谢。她重新掏出手机要拨号——拨什么?给谁?999?火警?警察?救护车?

当她从屏幕上抬起头来时,女孩已经消失,跑上站台了。

她摇摇头。她转身走上了上班的路。

沿着机场道路走了三分钟,她停了下来。她猛地转身。

她跑回了车站。她站在关闭的闸机口。

让我过去,快点,好吗?她对操作闸机的人喊。

他走了过来。

车票?他说。

我只是想追上你在一分钟之前放行的那个孩子,她说。

你需要一张有效的车票,那人说。

很久以前，在实际还是今天早上的时候，布丽特还在去上班的路上。而现在，在一列沿着英格兰地图疾速北上的列车上，弗洛伦丝，她对面的女孩，正在说有不可见的生命存在于*这里*——

她指着从她们之间桌上的一只水瓶里洒出的水

——于是他萌生了制造最早的显微镜的想法，她说。他跟纺布有点关系，就想看看他纺布的纱线在非常近距离的观察之下是什么样子。于是他自学用沙子磨成玻璃，玻璃就是这样做成的。

不是的。是吗？布丽特说。

是的，真的是，女孩说。他把它磨成格外小但神通广大的镜片，能让他看见放大了几百倍的东西。

格外，布丽特说。

然后他发明了一个木制的东西，让它把镜片支起到眼睛的高度，女孩说，它实实在在只有这么大，因为镜片也很小，但尽管他的镜片实在是小极了，人的眼睛仍然可以透过它们去看，并感知到小东西被变大了。

感知，布丽特说。好大的词。

我母亲总是说，一般来说，让世界变大而不是变小是件好事，女孩说。然后那个荷兰人就想，太好了，我现在可以非常近距离地观察各种东西了，然后在1670年左右的一天，他正吃着午餐，上面撒了胡椒粒。他心想，我敢打赌，如果我透过镜头观察一粒胡椒，那么这粒胡椒一定有几面是尖的，或者像刺猬一样有很多刺，因为这就是我舌头上的感觉，就好像有看不见的小尖棍在刺着它。于是他把一些胡椒粒在水中浸泡了大约一个月，然后用一面透镜观察胡椒水，这面透镜能把物体放大到肉眼可见的近200倍。接着，他看到水里充满了游来游去的"动物子"① ——他仿照分子为它们起了名。于是他又试着观察没有胡椒粒的水，而那些"动物子"还在，这就说明并不是胡椒粒把这些"动物子"放进水里的。

他还做了另一件特别酷的事。他用一面透镜，透过蜻蜓的眼睛看外面。他切开一只蜻蜓的眼睛，一只死了的蜻蜓——

你怎么知道一定死了？布丽特说。

——别那么讨厌。他取下它眼睛的一小块，放在他的一个透镜上面。当他同时透过透镜和蜻蜓眼看向窗外，他看见了自己那条街，但就好像那条街在滤镜应用之中的特效，同一个画面从不同的角度重复了很多次，从而变成了维度，我们就这样知道了一些昆虫的眼睛能看见什么，原理又是

---

① 荷兰科学家列文虎克（Antonie van Leeuwenhoek）将他发现的微生物称为"动物子"（animalcules）。

什么。

而他看的其他东西还包括自己牙齿上的细菌，以及雨水。他还观察了咖啡豆的油脂，以及青蛙卵，总之，我们现在知道了什么是微生物，什么是细胞，也知道了人类的肉眼只能看到一小部分实际存在的东西，还知道这里面——

（桌面上洒出来的水）

——充斥着我们看不见的生命，而我们看不见并不意味着它们不存在。水里真的真的全都是它们。如果你观察一根松针，就一根松针，一片松林里，一棵树上，数百万根松针中的一根，如果你切开一根松针，放大它的一小部分，你就可以非常近距离地观察它的结构，它看起来像一幅画，或者彩绘玻璃窗，或者古罗马的马赛克图案，或者蝴蝶的翅膀，你能看到它具有一种细胞结构，也能看到松针的设计巧妙极了，能让它们在冬天把阳光变成养料，又在夏天炎热的月份里储存住足够的水分。这就是为什么它们能够常青。

基础生物学。这是布丽特已经知道的，或者从前知道但一离开学校就忘记了的东西，在学校里你必须知道这种东西才能通过考试。但布丽特听着这个女孩告诉她这些，坐在午后阳光低矮的闪耀之中，阳光从云层的断裂处照射进来，在成排的电报杆之间有如鼓点，敲打着火车窗，敲打着布丽特，就好像她正被光弹奏着。

说实话，如果布丽特能像用大拇指翻书那样，回顾她迄今为止在地球上度过的每一周和其中的每个星期一，她最后还是会百分之百地确定，没有哪个星期一的下午比现在更让她高兴。

她正带着一个与她全无关系的孩子在火车上,天知道要去哪里,天知道为什么。

她没在上班,在那里,她为了薪水,监视着一批被无限期拘禁的人类——

因为看只是理解的开始,是它的表面,是所有理解的表层,女孩说。

——而且可以肯定的是,距离布丽特上次(哪怕仅仅是允许自己)记得诸如细胞①这类词的多重含义,也已经过去很长很长时间了。真奇怪,因为她就在一栋全是牢房的大楼里上班。

她在国王十字车站登上了这趟爱丁堡火车的后节车厢,沿着列车一路走,寻找那个小孩。走过五节车厢,她看见那个小孩一个人坐在桌前,正从西装袖子向外拉出学校衬衫的衣袖。

火车一路滑向城郊和开阔的乡野,布丽特站在车厢之间被人们的行李遮挡住的空间,一边透过车门的玻璃注视着那个女孩,一边手拿她的手机——上面显示着工作号码。

她按下呼叫键。前台接了电话。她退到拐角,要求接通斯泰尔的电话。

他们给她接通了斯泰尔办公室的答录机,办公室里的任何人都可能在她正留言的时候听见她的消息。

于是她挂断电话,打了斯泰尔的手机。手机转到了答录机。嗨,她说,斯泰尔,我是布丽特·霍尔,听着。我和那

---

① 细胞(cell)一词兼指牢房。

个女孩在火车上,你知道那个上个月让他们把这儿清理干净的女孩吗?我觉得就是她。我很确定是她。所以我在这列火车上,她也在,我能从这儿看到她,我,呃,我——

她把手机从身边移开了。

在那几秒钟,火车的噪声将记录在斯泰尔的答录机上。

她按下了"1"。

答录机的声音对她说,可以按2重新录制留言。她按了2。她把手机放在火车的空气里,让它录下空气,覆盖她自己的声音铺设的音轨①。

然后她把手机放回大衣口袋,踏在能让车门滑开的地方,车门打开了。

女孩从面前摊开的学校笔记本上抬起头来。

给你留了个座位,她说。而且,还有。

她说得就好像她们一直都在聊天,就好像她俩在这之前的几个小时里没有分别坐着不同的火车穿越伦敦。

如果在世界上随便什么地方再爆炸五枚核弹,只要五枚,她说,那么就会出现一个永恒的核秋天,也就再也没有四季了。

是谁教你这么神经兮兮地胡说八道的?布丽特说。

这不是胡说八道。这是如假包换的未来警告,女孩说。你难道不知道海洋有多热吗?如果你不知道,你可以去网上查。随便查。这是你的未来,也是我的未来。

我以为你不喜欢上网,布丽特说。

---

① 音轨(track)一词兼指铁轨。

我决定只理性上网，女孩说。

是谁死了，让你成了苏格拉底转世？布丽特说。

如果你要说古典时代，那你说的可能是卡珊德拉①转世，女孩说。

你还觉得自己挺聪明，布丽特说。

但愿如此，女孩说。但愿我够聪明。但愿你也一样。

哦，我挺聪明的，谢谢，布丽特说。

智慧机器，女孩说。

是我了，布丽特一边说，一边在女孩为她留的位子上坐下来。

过道对面的桌旁坐着一个女人。当女孩说桌上洒的水里面充斥着生命的时候，她看上去惊恐万状。

火车上，在她们四周，全是盯着屏幕看的人，他们把屏幕举到耳朵上、鼻子上，放在大腿上。

而在刚才的一段时间里，她和女孩一直在玩一个被女孩叫作幸运 13 的游戏。

游戏规则是，我问 13 个问题，然后我们都必须回答这些问题。对不对？女孩说。

对的，布丽特说。

你最喜欢的颜色、歌、食物、饮料、衣服、地方、季节、星期几。如果你是一种动物，你想让自己是什么动物。什么鸟。什么昆虫。你特别擅长的一件事。你最想怎么死。

---

① 卡珊德拉（Kassandra），希腊神话中的特洛伊公主，赫克托的妹妹。阿波罗赐予她预言能力，又因她抗拒阿波罗的求爱，遭到诅咒，使人们不相信她的预言。后指能够准确预言但不为人相信的人。

哦,最后一个问题可真太让人难受了,布丽特说。谁发明的这个游戏?

我发明的,女孩说。最后一个问题恰好是游戏名字里幸运这个词的来历。

有一种最喜欢的死法,这有什么好幸运的?布丽特说。

如果你甚至有讨论选择的机会,却还不知道自己是多么幸运,女孩说,那么我只能说,你真的真的太幸运了。

女孩的答案如下:

最喜欢的颜色是绿松石色。

最喜欢的歌是无名的《自我》(布丽特从来没有听说过这个叫无名的歌手,但她最近也没时间关心音乐),和一个叫尼娜什么人的《哦,孩子》(布丽特也不知道这首歌)①。

最喜欢的食物是比萨。

最喜欢的饮料是早餐时候的橙汁。

最喜欢穿的是绣着花朵的牛仔裤,是她今年的生日礼物。

最喜欢的地方是家。

最喜欢的季节是春天。

最喜欢的日子是星期五。

如果她是一种动物,她会是一只粉红色的犰狳精灵

---

① 指的是说唱歌手无名(Noname)的歌曲《自我》(*Self*)和尼娜·西蒙(Nina Simone)的《哦,孩子》(*Ooh Child*)。

（显然有这么一样东西存在）。

如果她是鸟，她会是在 12 月的夜半唱歌的鸲鸟。

如果她是昆虫，她会是一只蜻蜓，因为她了解关于它们眼睛的知识。

倒数第二个问题是个圈套，她说，因为大多数人擅长的事情远不止一件，所以这个题是要让他们思考一下这件事。

她最希望死在她爱的所有人死去之前，这样她就用不着思念他们。

她们对面的女人拿起一把小指甲剪，剪起了指甲，就好像火车是她的私人卧室或是卫生间。

另一个人正对着电话大声嚷嚷，就好像火车是他的私人办公室。

布丽特坐下的时候，女孩正用拇指比着读一本笔记，本子的封面上用沙皮牌马克笔大写着"热空气"① 三个字。地理课课题，也或许是科学课。对流。她一边在本子上写着什么，一边自顾自哼唱着一首古老的民歌。布丽特向后仰靠在座椅上，闭着眼睛，听见剪指甲的声音，男人说话的声音，以及在这两种声音的下面，女孩唱着老歌的声音。园子里采下的玫瑰多新鲜，哦，不要欺骗我，哦，永远不要离开我。他们学校还在教孩子唱这首老歌吗？多么快活的一首关于欺骗的歌。我猜这是因为唱歌的人不是那个被骗的女孩，

---

① Hot Air，兼有"空话"之义。也与"热气球"相关。

她想。

而粉红色的犰狳精灵啊。

蜻蜓。

12月唱歌的鸟儿。

她不可能是人们传言里那个进了伍尔维奇一家肮脏极了的妓院，又全须全尾从那儿出来的孩子。

这是我问你的第一个幸运13的问题，布丽特说。问题一。跟我说说你的家庭。

不，女孩说。下一个问题。

你的母亲，布丽特说。跟我说点关于她的事。或者说说你的父亲。

那是隐私，女孩说。但我可以跟你说点和这些全不相干的事。

是什么？布丽特说。

在去国王十字车站的上一趟列车上，我对面有个男孩和他的几个朋友，他把他手机上的表情符号读出来了，他说：

爱心爱心爱心。

爱心爱心。

爱心。

爱心。

那我问下一个问题，布丽特说。有男朋友吗？

隐私隐私隐私，女孩说。隐私隐私。隐私。隐私。你呢？

可能有吧，布丽特说。那你的兄弟姐妹呢？

那是隐私，女孩说。你呢？

独生女，布丽特说。你妈妈说的那句话，关于大和小的那句，真的很有帮助。① 说得真好。再跟我说一句你妈妈讲的人生箴言吧。

啊哦，女孩说。

好吧，我的家庭生活也是隐私，布丽特说。但是，如果你一点也不告诉我你的生活，而我也不和你交流我的生活情况，那我们怎么交朋友，或者哪怕相互了解呢？

和一个机器交朋友，女孩说。不可能的。危险如流沙。

等等，我有个主意，布丽特说。不如这样：我编个关于一个人的故事，一个我家里的人。然后你也从家人里挑出一个来编个故事。我来给你讲讲我母亲为什么叫我布列塔妮。

跟布列塔尼②那个地名一样？女孩说。

对的，布列塔妮说。但大家都叫我布丽特。

我也是个地名，女孩说。意大利城市。其实你简直都不止是一个地方了，你几乎是两个不同的地名。不列颠和布列塔尼。

这是因为——呃——因为我的母亲，听好了，我没撒谎，我的母亲是一本地理课本，布丽特说。别笑。这是真的。早年间，有很长一段时间，我母亲一直待在学校的一间柜子里。她年复一年待在那儿，渴望柜子被人打开。她也渴

---

① 见上文，"我母亲总是说，一般来说，让世界变大而不是变小是件好事"。
② 布列塔尼（Brittany，法语 Bretagne）是法国西北部曾为公国的一个地区，是比斯开湾和英吉利海峡之间形成的一个半岛。5—6 世纪，布列塔尼被从撒克逊人手中逃出的不列颠人占领，后于 1532 年并入法国。

望自己被人打开，被人阅读，尤其是那些喜欢她讲的事情的人，那些愿意从她掌握的关于世界的一切事实中学到东西的人。她一肚子的地图、地名、国家和城市的坐标，还有那些关于树木和云层的东西，所有关于河流、山谷、山脉、平原、海洋、侵蚀等等的那些事实和数字几乎都要溢出来了。

那她现在不是地理书了吗？女孩说。

布丽特想到了她正在家里的母亲。

24小时新闻频道。*不知道会怎么样。*

她现在退休了，她说。她，呃，她有点过时了，课本都会过时。

好像有点可惜，女孩说。你的故事有点像个悲剧。

没错，布丽特说。

她一边说着，一边意识到她很难不被自己关于母亲的荒唐故事打动，流泪。

她睁大了眼睛，不让自己流泪。

她也感到一种惋惜。她的母亲，真是个愚蠢的故事。每当动感情，从脸到脖子都会呈现复杂的颜色变化的，她的母亲。有许许多多令人抓狂的习惯的，她的母亲——而布丽特知道，这些习惯根本就不让人抓狂，它们只是让布丽特抓狂而已，因为布丽特是她的女儿。

一想到她的母亲是别人手上一本打开的书，被人好意拿着，这让布丽特想哭。

她当初是怎么从柜子里出来的？女孩说。一本书怎么生孩子呢？书是怎么生出*你的*？你为什么不是一本书？你的父亲呢？他也是本地理书吗？他是别的类型的书吗，历史书？

数学书？诗集？那你又是什么呢？

不，现在轮到你了，布丽特说。给我讲个关于某个人的故事。比方说，一个母亲的故事。我告诉你我母亲的故事了。不一定非得是你自己的母亲。谁的母亲都可以。

女孩摇了摇头。

她说，我的故事遗失在海上了。完。

你的母亲？布丽特说。

女孩哀怨地看着她。

你父亲呢？布丽特说。

女孩哀怨地看着她。

那太可怕了，布丽特说。

女孩哀怨地看着她。

真的吗？布丽特说。

就你想听我说的东西而言，是真的，女孩说。但真实的故事是，我什么都不打算告诉你。你可以在你的成见之中那个温暖的多屏幕影院里面，坐着按人体形状打造的、内置了可乐饮用口的、舒适的塑料扶手椅，想坐多久坐多久，随便想什么都可以。

哇，布丽特说。你可太不像话了。你从哪里学会这样说话的？

又轮到你了，女孩说。继续吧。震撼一下*我的*那些成见。

好吧，但你的故事太短了一些，布丽特说。

是个短篇故事，女孩说。

然后，布丽特和女孩挪到一个两人座，好让一对夫妇和孩子坐在一起；这家人在纽卡斯尔下车，火车又安静下来。一位检票员穿过车厢。他告诉布丽特这次不会罚她的款，但下次不要再这么做了。他问她在哪里上车。他让她用银行卡以不含罚款的价格买了票，他离开时对她笑了笑。

他连看都没看女孩一眼，更没有问她是否有票，谁来买票。

当听到他身后的门唰的一声关上，布丽特向女孩扬起眉毛。

干得漂亮，弗洛伦丝，她说。

我什么都没干，女孩说。

你到底有没有票？布丽特说。

我有时候是隐形的，女孩说。在有的商店、餐馆、排队买票的地方，或者超市，甚至在一些我的的确确大声说话了的地方，比如在车站询问信息之类的。人们可以直接透视我。尤其是有些白人，他们的目光可以直接透过年轻人，黑人，别的人种的人，就好像我们不在那儿。

这就解释了你上个月是怎么进入我们老板办公室的，布丽特说。

现在他们两个人都面朝同一个方向，聊起这件事就出奇简单了。女孩坐在她对面时，有什么东西阻止了布丽特问出这个问题。但现在她们都没有直视对方，都在看着前面，她就能直截了当地提出来了。

是你，是吗？

女孩扭头望向窗外，一边又哼起了一首老歌，这次是《桦树林》，一边翻着她的笔记本。

这就解释了你怎么通过了接待,我们管前台叫接待,又通过了扫描,布丽特说。这是人类不可能做到的。但我现在明白了。你是隐形的。

女孩看向窗外。

我最想知道的是这个,布丽特说。我们都想知道。我是说,我们所有在那上班的人。因为我们有很多话想对他说,但我们从来没有机会说。你对他说了什么?

女孩始终背对着布丽特。她什么也没说。

好吧,我不知道你知不知道这些,布丽特说。但不管你跟他说了什么,都意味着,他们真的把这儿打扫干净了。那天晚上他们叫了清洁工来,用蒸汽清洗了厕所。那一天啊,在他们都清理干净了之后,可真是个好日子,布丽特说。据我的朋友托奇说,在中心里,只还有一天跟这天一样,当时所有的人,包括工作人员,都那么的,哎呀,我想不出那个词。

干净,女孩说。

是啊,布丽特说。

他们就干了这一件事吗,女孩没有转身地说。把厕所打扫干净了。

她说话的语气就好像这不是一个问句。但布丽特现在99.99%确定,她正和那个打败系统的女孩坐在同一辆火车上。

她佯装平静。她换了话题。她轻拍女孩手中的学校笔记本。

热空气,布丽特说。学校学的。

不直接是,女孩说。这是我的,我认识的一个人,给我的,因为我有时候会有一些想法,他们觉得我应该全都记下来。

女孩给布丽特看了一眼内里的扉页,但只是一闪而过的瞬间,扉页顶部下划线的"你的热空气之书"几个字下面,有人写了"我的女儿向上升起"几个字,下面还有几行手写的字。

我能再慢一点看吗?布丽特说。

不行,女孩说。

里面还写了什么?布丽特说。

热空气,女孩说。私人热空气。

广播系统中,有个声音宣布,他们很快就会到达一个叫作特威德河畔贝维克的地方。

苏格兰随时就到,布丽特。

但我没有护照,女孩说。

你不需要护照,布丽特说。这个边境不需要。至少现在还不需要。

什么叫还不需要?女孩说。

嗯,苏格兰和英格兰,布丽特说。不言而喻。

女孩说,什么不言而喻?

不同国家,布丽特说。

我们能看到吗?女孩说。

看到苏格兰?布丽特说。

看到差异,女孩说。

她用力抵着车窗。

其实我觉得，我们也许已经在苏格兰了。布丽特说。

我没看到任何边境，女孩说。你看到了吗？我没看到任何不同。

历史上有段时间，布丽特说，根本就没有护照，去哪都没有。人们哪里都可以去。离现在实际上也没多久。

女孩说，是你的历史书爸爸告诉你的吗？

我爸爸，布丽特说。历史书。我要是跟我母亲这么说，她会放声大笑的。

女孩在座位上侧过身，开始说话。

如果我们不说，比如，不说这条边境分割了这些地方，而说——就像比如说你妈妈是本地理书——如果我们说我妈妈是两个不同的国家，我爸爸是边境呢。

你这么说是行不通的，布丽特说。母亲们肯定会抱怨她们被封锁住了。父亲们则会宣布，他们将扩大规模，直到他们变成两边的国家那么大。然后将启动一系列全新的离婚程序。

你的父母离婚了？ 女孩说。

这是隐私，布丽特说。

如果这么说呢，女孩说。我们不说这条边境分割了这些地方。我们说，这条边境*联结了*这些地方。这条边境把这两个特别有趣，又特别不一样的地方维系在一起。如果我们这么形容边境口岸呢，听我说，当你越过这些口岸，你自己拥有的可能性就加倍了。

你这是天真了，布丽特说。怎么说都太天真了。

我12岁，女孩说。你能指望我怎么样呢？但听着。就比如说。比如。与其说必须用纸质的小册子，或者双眼对着屏幕，或指纹，或脸部信息，来证明你是谁，你反而能通过你的眼睛*看到*的东西，通过你的双手*做出*的东西来证明身份，还能通过——

还能通过你用脸能做出的表情，布丽特说。于是会发生全面战争。卷舌大战。

卷舌大战是什么？女孩说。

是针对那些因为遗传特性而会卷舌的人的战争，布丽特说。他们被那些天生不能卷舌的人攻击。或反过来。无论谁攻击谁，都会发生战争。你会卷舌头吗？

女孩使劲试了试。布丽特笑了，给她看自己怎么卷舌。

好吧，但是你能卷舌我不能卷，这不代表我想和你开战，女孩说。

相信我，布丽特说。最后就是能落到基因属性这么随机的事。

女孩说，什么落到？

仇恨，布丽特说。

女孩叹了口气。

布列塔妮，你把我所有奇思妙想的创意都否决了，她说。

自然，布丽特说。

这不公平，女孩说。

没错，布丽特说。

你太悲观了，女孩说。

我实话实说，布丽特说。

不人道，女孩说。

这是我的工作，布丽特说。

我们可以给你换个工作，女孩说。

没法给老机器教新花样，布丽特说。

你的配置太老套了，女孩说。你会生锈的。但别怕，因为你一旦生锈了，我们就会给你上油，改造你，给你升级到新的工作模式。

咱们走着瞧看会不会，布丽特说。

走着瞧，走着瞧，运气好的话，就像蜻蜓从各个角度瞧世界，女孩说。运气好的话我们将重新开始。我们要转。

你是说我们会变，布丽特说。

不，我是说转，女孩说。革命的转①。我们会前滚翻到一个新的地方。

你说的是反吧，反叛，布丽特说。你说的这些就是反叛。

我说的是转，女孩说。

不，你说的不是，布丽特说。

我说的是。我们要把它转过来，女孩说。我们做一切事情的方式都会不一样。

她在座椅上转身背对布丽特，转向车窗，凝视窗外的黑暗，就好像她想弄清楚远处的灯光是些什么。

没过多久，女孩就睡着了，就像瞬间入梦的小猫或小

---

① 革命（revolution）的动词为"转"（revolve）。与之相近的另一个词为revolt，也即下文的反叛。

狗，睡梦使她停下，把她扔进梦境，让她靠着布丽特，在完全是另一个国家的地域，一列在暗夜里疾行的火车上，一个布丽特知道存在但从没去过的地方。

我是说，看看布列塔妮·霍尔。

她简直无法相信自己的生活。

她重新变得聪明起来了。

她机智又风趣。

也跟得上新事物。

她应该在上班的。今天是周一。

然而相反，没有树篱，没有地下世界，她在这儿，和一个孩子——不是随便哪个孩子，而是个真正的孩子，又恰巧是那个*传奇小孩*——这个孩子不仅仅坐在她旁边，而且靠在她的右臂上，结结实实地睡着了，这让布丽特对这个她不认识、没有血缘关系、今天早上才遇到的某个陌生人的孩子产生了一种保护心理，而这种保护心理，超过了她自知能对任何其他人、任何东西感受到的类似情感。

她把手绕了过去，悄悄把热空气本子从女孩的胳臂下面拿了出来。她单手打开本子，随手翻看着。

本子里全是用小女生的笔迹写下的小文章，像是些小故事。

其中一个，是用许多网站和社交媒体上的言论素材写成的。故事实际上非常有趣，特别犀利。布丽特不得不控制自己不要笑得发抖，以免把女孩吵醒了。

还有一篇，就好像是人们说出的许多极右、极左的话，女孩把它们都用不同大小的字体写了下来，有些地方还用了大写。虽然这类东西是很天真的,中学生会写的那种东西,但也妙趣横生,让布丽特陷入了思考。

即便是一个12岁的女孩,也能看透现在世界上的很多事。

有一段写得像是评论互动墙,里面全是推特上的那种污言秽语。然后还有一个特别好的故事,像个童话故事。故事讲的是,一个女孩拒绝让自己跳舞跳到死,尽管这违背了全村人和网上数百万计的人的愿望。

她合上本子,把本子放在女孩的书包上。粉色的。

布丽特自己最喜欢的颜色是蓝色。

她最喜欢的歌是艾利索的《英雄》[1](尽管她也喜欢阿黛尔的《当我们年轻时》,因为这首歌让她想起乔什和她还在校园的时候,在乔什的后背还没出问题的时候)。

她最喜欢的食物是一切烤焦了的,或抹了烤肉酱的东西。

她最喜欢的饮料是伏特加。

她最喜欢穿的,是什么都不穿(但她不会对孩子说这样的话,所以她说的是她的圣女牌[2]蓝色连衣裙),她最喜欢的地方是佛罗里达,她10岁的时候,和她的妈妈和爸爸去那里度过假,她最喜欢的季节是冬天,她最喜欢的日子是星期五,如果她是动物,她会是一只母狮,是鸟的话就是红隼,是昆虫的话,就是能吃蜘蛛的那种虫子。

---

[1] 艾利索(Alesso)的《英雄》(Heroes)。
[2] 圣女牌,原文为All Saints,伦敦时尚品牌。

她最擅长的事情？是发明创造。

最喜欢的死法？是在床上睡着，对死亡的到来一无所知。

在运动鞋里装电池充电器，这样你一边走，就能一边给东西充电，这个发明的想法太妙了，女孩之前说。你应该马上做出这种鞋子来，然后卖鞋子。你应该辞职做鞋子。而且我们都喜欢一周里的同一天。而且。如果我们是季节的话，我就紧跟在你后面。

你将成为我的了断，布丽特说。你会把我扼杀掉。

不，你会使我变得可能，那个正靠在她身边熟睡的女孩曾如是说。

然后，在火车上的一整个下午，每当有人穿着蓝色的衣服经过，女孩就向她挤眉弄眼，说出蓝色这个词。

在过去的十年里，谁他妈对布丽特最喜欢的东西关心过十秒钟以上？

她好像置身童话之中。

她应该给母亲发条短信。*我在一个扯淡的童话故事里头。不知道会怎么样。*

如此靠近童话，感觉有点危险。

她应当扮演的是什么角色？她是那个更年长的、更智慧的、能够给出建议的人吗？

她会魔法吗？还是需要魔法？她妒忌吗？她被施了魔咒吗？她是否又年轻，又傻，在森林里迷失了方向，即将学到一个教训？她是不是守护那极其珍贵之物的人？

她是坏人，还是好人？

她向黑暗中张望,除了自己的脸,什么都看不见。

(几天后,在返回南方的路上,她看到一片海域,这将让她惊讶不已:在北上的路途中,她完全不知道有这片海存在。)

在某个地方,会有人为这个孩子的去向心急如焚。

她将努力想想应当告诉谁。

再说,如果工作当中的人听说这件事,是没人会相信的。

再说了,她肯定就要追查到这个女孩的父母了,至少也是父母当中的一个。

这件事有可能让她升职。

她尽可能小心地从口袋里掏出手机,以免打扰到熟睡的女孩。

她给乔什发短信,这是他们在夏天争吵之后的第一次联系。

嘿乔什是我问你个拉丁语翻译回复告诉我这是什么意思 vivunt spe[①]

[①] 见题记部分莎士比亚《泰尔亲王配力克里斯》引文中的"待雨露而更生"(In hac spe vivo)。

移民遣返中心 SA4A 的经理伯纳德·欧茨和弗洛伦丝·史密斯在 9 月的那一天都跟对方说了什么：

——你好。

——操怎么——

——我今天是来问你些问题的。

——你什么？

——那好，首先，我的第一个问题是：

——你谁啊？

——为什么这些你们拘留的人用的厕所都这么脏？

——为——（呼叫）桑卓！桑卓，你能进来一下吗？

——好吧，那我的打算是，如果你回答不了，或者不回答我的问题，我就不会再用同一个问题烦你。我会继续下一个问题。那么我的下一个问题是：这里的人被带到这里，或带出这里的时候，如果他们事实上不是罪犯，那么你们为什么要给他们戴手铐？

——是格雷厄姆让你来的吗？是他吗，是他们，是谁让你问我厕所的事的？

——好，谢谢。下一个问题是两个问题。为什么你把人带到这里时，要在半夜把他们运过来？还有，半夜里本来就很黑，你们为什么要把面包车的车窗涂黑运人进来？

——是不是人事部的埃维？是埃维让你来的吗？

——好吧，那我们继续下一个问题，它是这样的。为什么这里的房门里侧没有把手？

——你怎么——你是家庭单位的人吗？你不能在这做学校布置的东西。你不能做关于这儿的课题。这是限制区。

——好的。为什么是监狱和缓刑部还有他们的人在处理难民问题，处理从其他国家——因为酷刑，或战争，或没有充足的食物而让他们待不下去的其他国家——来到这个国家的人？

——别再问这些了，别问了。你在写什么？

——欧茨先生，你知道你在犯法吗？法律上说，在这个国家里，在你指控别人犯罪之前，你只能合法地把一个人拘留七十二小时。

——你没有许可。这是不允许的，你需要通关，你不准——

——我想问的另一件事是。我昨天在网上读到，高等法院说，在类似这样的拘留中心，拘留那些曾遭受酷刑的人也是非法的。然后我读到，内政部重新定义了酷刑这个词，给了它一个更"狭窄"的定义。所以我想问问可能对此有所了解的人，酷刑的狭义定义是什么，广义定义又是什么？

——好，我现在要请你离开。请离开。我礼貌地请你离开。请离开这个办公室。现在我已经两次礼貌地要求你离开，你记录下来了吗？如果你不听，我就启动安全警报。好，我叫保安了。他们随时会——（呼叫）桑卓。**桑卓**，到这里来。**桑卓**。他妈的在哪——在哪——

——好吧，那么只剩下几个问题了。因为需要帮助而移民到另一个国家是否真的是一种犯罪呢？

——是在录像吗？你在录吗？谁给你写的这些问题？什么情况？

——情况就是，我是一个坐在你办公室椅子上的 12 岁女孩，在问和你的工作机构有关的问题。我已经到了一个会读书，也明白书上和网上都讲了什么的年纪，我已经读了许多关于这些事情的资料，部分原因是这些事触及了我的个人生活，但也因为我无论如何对这些事都很好奇，我读到的一些东西让我想向负责的人问一些问题，而这些人也包括你。

——对什么负责？你说我要对什么负责？摄像机在哪？这是个新闻采访什么的吗？是报纸？是《全景》栏目吗？你是四台的吗①？

——我猜测，关于你的报道内容，将取决于你对我今天问的这些问题会去做些什么，也取决于你究竟去不去做，还是什么都不做，还是去做了些正面的，负面的，更坏的，更好的事。十分感谢你提供了这么多关于当下现状的信息。

——这么多信息？我到底怎么提供这么多信息了，什么信息？

——再见，非常感谢你，欧茨先生。

——嘿，*嘿*。我什么时候提供信息了？*嘿*。

---

① BBC 四台主要播出艺术类、纪录片、音乐、电影、电视剧和时事类节目。《全景》（*Panorama*）栏目是 BBC 一台的时事类纪实节目。

昨晚，长话短说吧，女孩说她们应该在爱丁堡动物园附近的一家酒店住下。

于是她们就去住了。

一整晚，布丽特都听见场院里某种野兽低沉的，"喔，喔，喔，喔"的声音，早上又听见不熟悉的鸟鸣。

但情况是，今天早上她吃完早饭去前台付款，但那个女人拒绝了布丽特的银行卡。

你住62号房间，和住68号的弗洛伦丝·史密斯小姐同行，女人说。

是的，布丽特说。

不用付钱，女人说。旅途愉快。

但女人的脸上写着惊奇，那表情还停留在意识到自己竟然这么做了的震惊抵达她面孔之前的那一刻。

然后她们就去坐火车了。

检票员鞠了一躬，为弗洛伦丝打开闸门，并让布丽特也通过。火车上的一个女售票员向除她们之外的所有人索要车票。火车延误的时候，女售票员走进车厢，在她俩的桌前停下，就好像专门对着她们两人道歉。

你和我,孩子。女售票员又一次离开车厢之后,布丽特说。我开始觉得咱俩能征服世界了。

我对征服什么都没兴趣,弗洛伦丝说。

我感觉就像出走了,然后加入了一个欢乐马戏团,布丽特说。你是怎么做到的?

我什么都没做,弗洛伦丝说。

然后，她们到达了明信片上那个地方的车站，但一个失魂落魄的老家伙让她们越发地延误了。

火车驶离车站，布丽特在出口处转身，看到弗洛伦丝远在漫长站台的另一端。

她沿着站台飞快地跑去。

把腿甩上来，弗洛伦丝对着铁轨上一个衣衫不整的人说。先坐到这个边上来。然后，一、二，把腿甩上来。

三名车站官员也正冲那名男子跑来，男子正在哭，双臂从身体的两侧抬起，就好像他无法忍受被自己的胳臂碰到。其中两个人跳下站台，把他拖上站台层。然后他们就紧紧抓着他。

他丢了他的——你丢的是什么来着？弗洛伦丝说。有东西掉到铁轨上了。什么东西？

我的，啊，我的笔，那个人说。

他的笔，弗洛伦丝说。他的笔掉了。

它从我手上掉出来了，他说，我原本手上拿着的，不小心就把它弹飞了，在空中飞，因为它，太有感情了，啊，呃。

笔，一个看起来像车站警卫的女人说。

是，那人说。

你这是违法啊，就这么不管不顾地走到铁轨上，会闹出人命或者重大伤亡的，女人说。不仅仅是对你自己，对那辆刚开走的火车上所有的人都一样。更别说我们这些在这工作的人了。会没来由损害我们工作的。你也完全不顾对全国各地已经排得满满当当的铁路时刻表会产生什么。这些都是因为你掉了一支笔。现在我全都听见了。笔在哪？给我看看那支差点让你丢了命、差点让我丢了工作的笔。

喏，弗洛伦丝说。

她递给男人一支伯罗圆珠笔，布丽特认出这是她们昨晚酒店客房的一支免费笔。

布丽特笑了。

假日酒店的笔？女人说。

好极了，那人说。太有感情。

这支笔对他意义非凡，弗洛伦丝说。

那人又开始哭了。

你不用这样一直抓着他。你这会儿可以放开他了，弗洛伦丝说。

抓着他的两个人放开了那人的胳膊。然后他们的样子，看上去就好像对刚才竟那样抓着他感到有些惊讶。这让三个车站工作人员一下立时都咄咄逼人了起来。他们生气地指责这个人如何犯了法。女人说了些跟警察有关的话，又掏出了一部电话。

弗洛伦丝友好地看了她一眼。

弗洛伦丝说，这事更接近失物招领，而不是犯罪。东西丢了，找着了。没打算伤害谁。也没伤到谁。

女人看了看她，又看向那个在哭的男人。

然而，我认为这种情况没有造成任何伤害，她说。

然后，她的表情看起来就像听见自己说出了这句话而大惑不解。

这看起来像是，布丽特想。那是什么感觉啊。

车站的工作人员全都一脸大受震撼的表情。他们从不同的门走了出去，消失在这座建筑的不同区域，而她和弗洛伦丝带着哭泣的男人走到车站的正面，男人在那儿用袖子擤了擤鼻涕。他抱歉自己做了件这么恶心的事。他在车站正门一张长椅上坐下，说他一直很喜欢火车站，车站里人们来来去去，这意味着车站一定也是个充满感情的地方，然后他接着说，有次他从一度经常出入的家乡车站离开，他已经很久没有去过那儿了，只是在父母去世之后来看看还存放在家的一些东西，他从车站的入口走到车站里，听见身后有人在唱某首歌里的一小段，他曾经知道这首歌，但想不起歌名是什么了，而且声音很好听，然后他想起这首歌叫《每当我们说再见》，他能听见身后的脚步声，于是他放慢脚步，让那人过去，走过他的人是个年轻女人，如果方才是她在唱，那么她这会儿已经没在唱了，而且她太年轻了，她的穿着不像是会唱这样的一首老歌，也不像是知道怎么才能把这样的歌唱得如此富有感情。

那人不再说话了。

很好，因为他其实有点没劲。

泪水又开始顺着他的脸往下流。

布丽特露出了她的工作微笑,每当人们,包括工作人员和拘子在内的人们在翼楼上哭泣,她就会做出这个微笑。

我们给他买杯咖啡吧?她说。

你想不想喝杯咖啡?弗洛伦丝对那个人说。

他醉了,布丽特说。那边有一辆咖啡车。

我没醉。那辆车不卖咖啡。那人说。

它卖,布丽特说。车的侧面写着咖啡。

布丽特走到车那里。

她回来的时候谢天谢地那个人已经不哭了。

你是拍电影的?她对他说。

算是吧,他说。

那到底是还是不是?她说。

而他歪着头指指弗洛伦丝。现在轮到弗洛伦丝在哭了。

你对她干什么了?布丽特说,她突然胸中充满了保护欲,不得不克制自己不要去打那个男人的脑袋。

他说图书馆关了,弗洛伦丝说。

布丽特脸上的凶狠表情让那人退后了几步。

是啊,是关了,那人说。是真的。周二闭馆。

那不是问题,布丽特说。

她用手搂着弗洛伦丝。

这没什么好哭的,她说。我们可以去另一家图书馆。我们可以去一个更大一点的城市。

我真的需要这里的图书馆是开着的,弗洛伦丝说。

我们能从我手机上轻松查到一切你需要的东西,布丽特说。把图书馆装进口袋。给你。你要查什么?

我得去卡片上的那个地方，弗洛伦丝说，然后去那个地方的图书馆。除了这个我没有其他的消息了，什么消息也没有。

布丽特抱着她的双肩，把她转到咖啡车的方向。

看到那边那个女人了吗，那里头那个？她说。

弗洛伦丝揉了揉一只眼睛，看了看。

你认识她吗？

弗洛伦丝摇头。

好吧，她认识你，布丽特说。

怎么会？弗洛伦丝说。

她刚才直接问我你是不是弗洛伦丝，布丽特说。

她是谁？弗洛伦丝说。

有意思的是，她刚基本就是这么问我的，布丽特说。我去那儿买咖啡，她说她不卖咖啡。

然后她说，跟你站在一起那个男的，他身边那个女孩，是不是就叫弗洛伦丝？

我什么都没说。然后她上下打量我，说，

我已经认识了拍电影先生，但你在家的时候是谁呢，SA4A 制服夫人？

于是我说，

事情是这样的，你这不是他妈破咖啡车的咖啡车夫人。我现在不在家。我在离家很远、很远的地方。这说明我是谁都行，随便谁都行。

3月。可能是个难熬的月份。

狮子和羊羔。春天的冷眼。

是花枝仍可能披盖雪霜之月,洋水仙花头褪下如纸花鞘之月。士兵之月,由罗马战神马尔斯得名;在盖尔语里是冬春月,在古撒克逊语里是犷月,因为它刮着粗犷的风。

但它也是延长之月,是白天开始延展的月份。是疯癫与始料未及的甘醇之月,新生之月。在格里高利公历之前,新的一年并非始于1月,而是3月,以庆祝春分——北半球向太阳的再度倾斜——以及报喜节,即天使向圣母玛利亚显灵的一天,向她宣布尽管她是个处女,也仍能凭那良善的灵怀胎。

惊奇。新年快乐。一切不可能都是可能的。

空气升腾。肇始、启动、开端的气味。空气充满仪式感地让你知道,有些东西已经改变。常春藤深处的报春花张开了叶子的双臂。色彩划过日常。葡萄风信了的深蓝与荒原的亮黄吸引了火车上人的目光。鸟儿造访无叶又不似冬天那种无叶的树木;现在,树枝硬挺,枝头发光如暗燃的蜡烛。

然后是雨,老树的枝条继而崩裂出首个开花的征兆,其中的光线在树林里清晰可见,即便在夜晚的路灯下也看得清。

> 如果你在3月里,在晴空万里的黎明时分起身,据说你就能捕获一袋空气,它酣饮过春天的精神,一经蒸馏制备,就将制成一种黄金油,是足能治愈一切疾病的解药。

这是艺术家塔西塔·迪恩的声音。20世纪90年代中期,她30岁,在法国布尔日国立高等艺术学校做为期一年的驻留艺术家,此时的她觉得是时候了,决心尝试她小的时候一直想做的一件事——去捕捉、留存一朵云,或许甚至还能建立她的云朵收藏。

她制订了一个计划,坐热气球上天,再往口袋里抓些云进来。

但当然了,人是不可能捉住、留存或拥有一朵云的。

而且她发现,热气球在春天只有天空无云的时候才能飞行。

所以她决定坐着热气球,上天捕捉雾气。

为了确保能找到雾气,她去了更南边的山区,格勒诺布尔附近的朗桑韦科尔,那里清晨的天空中必定有雾。

气球升空。天空放晴。这一天成为这里有史以来,在一年中的这个时候最晴朗的一天。她漂浮在白雪皑皑的山峰之上,袋中收获了纯净的空气。

碰巧的是,她选择捕获空气的日子,正是炼金术士所说一年之中，*从此世升至天堂的露水*的最佳收集时间。根据古代的炼金术，你需要在一千多天里陆续收集露水，才能蒸馏、制造那能让一切的一切好起来的万灵药。

迪恩制作了一部三分钟不到的短片，记录她捕获空气的旅程。影片叫作《一袋空气》。

巨大的热气球升空了。它愈升高，在地面和影片画面中的影子就愈小。艺术家的手随即出现。一些空气进入透明的塑料袋，然后她手中的袋子扭曲，打结，好像它自己就是一只小气球。然后她再次做了一模一样的事情，新袋子，不一样的空气，捕捉，打结。一模一样。

这部影片纯是一部玩笑性的视觉作品。但在其中，有呼吸的起飞与逃逸。炼金术和转化都成了那良善的灵的事。无关紧要的事，可笑的事——以及魔法，如果你愿意——就都在你的眼前发生。

然后三分钟的黑白影片结束，余下的故事关乎人类和空气，那我们几乎不曾注意、不曾想到的东西，那我们一旦失去就没法活着的东西。

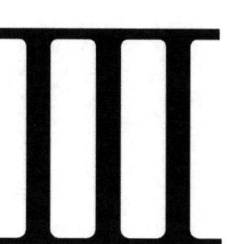

现在是为时 140 秒的极端现实主义：

闭嘴闭上你的臭嘴谁能把她的嘴用胶条封上她活该被屠去死吧去吊死吧我们都在笑话你你就是丢人现眼没人会跟你玩操娶杀你就活该被杀你就是条卫生棉你比蛆还臭你活该送给死人你的女儿活该被强奸用厨刀刺死你就是张破唱片你这个圣母自由派**我们**知道你住哪我们知道你的孩子在哪上学闭嘴如果你不闭上你的臭嘴我们帮你闭嘴把你的嘴闭上**我操**想想你干的事吧你活该操臭不要脸操操恶心人的玩意儿操你屁眼操你臭嘴操死你自己死去吧吊死吧你个大屁股贱货你就该被人拿根大棒捅你天理难容你这样的人正在毁灭西方世界狗屁饭桶吉米萨维尔①在医院就该把你强奸了你残疾是因为上帝讨厌你下次你再晚上出门我们肯定让你吃不了兜着走你和你的孩子们你应该害怕你这个移民人渣你需要仇恨邮件把你赶出去有人仇恨你你活该你的阴囊脸屁眼脸你他妈的就是个恋童癖找受不了你你就是他妈的一个笑话你就活该被逼着收

---

① 吉米·萨维尔（Jimmy Savile），BBC 著名音乐节目主持人，曾被封爵。2011 年去世后被控性侵超过 450 人，涉及不同性别和年龄段，大部分为青少年和儿童。

留养活一帮暴力外国侵略者让你尝尝是个什么滋味你个弱智胖婊子疯狗贱人**叛徒奸细**假惺惺你的孩子们会去死的你是个废物蠢蛋大家都知道你这没用的东西你快去喝些擦地板的蜡油吧快去喝点消毒剂你这个臭同性恋移民舔我的蛋吧你这个丑猪跑去吧

那是一年当中，所有东西都死了的时候。我说的死意思是，就好像世上的一切都永远不会再活了。

天是一扇紧闭的大门。云是暗淡的金属。树木光秃枯折。大地荒芜，毫无吐露。草是死的。鸟儿不在。田野是泥地里凝冻的车辙印，沉沉的死气在地表之下蔓延了数英里。

各处的人们都心怀恐惧。存粮少极了。谷仓几乎是空的。

依照传统，每年到了这个时候，智者，长者，青年，少女，老得不能再老的人，以及戴着面具穿着熊皮，化装成古代祖先从尘土中复活的人，都认定使生命回到世界的唯一途径，就是从一众少女中选出一个年轻女孩，让她一直跳舞到死，以此给众神献礼。

按传统来说，神灵都喜欢死亡。他们喜欢纯粹的死。所以少女越纯洁越好。而且一般来说，他们选中的女孩跳舞都跳得极好，她将是一个精挑细选，能做出漂亮高踢腿的祭品。

这一天来到了。全村的人都聚集在一起。智者把自己涂成了希望的亮银色。每一个人都来看了，连那个300岁的老妇人也来了，用的拐杖在休耕的沟渠里戳来戳去。每个人都把拳头举到空中，跳了一段舞，让气氛活跃起来。

然后，少女们的舞蹈开始了。

她们的舞蹈让人如醉如痴。那舞就好像时钟发条，把所有的少女变成了同一架整齐划一的机器，让她们完完全全地成为机器的一个零部件。它转圈，骤停，骤停又转圈。

最后，圆圈打开，显露出被选中的那个女孩，年轻，光彩照人，风华正茂。这支舞在向她打开的同时，也在她这里终结。

现在理应发生的是，她应该倒在地上。然后她将开始像野兽一样刨地，狂舞，直到她在剧烈的舞动中力竭而死。

然后所有人将庆祝，因为一切都将开始重新生长。

但是发生的事情是这样的。

位于中心的那个女孩叉起她的双臂。她摇了摇头，站了起来，用脚打着拍子。

我不是一个符号，她说。

舞停了。

音乐停了。

村民们大声倒吸一口气。

她说得更响亮了。

我不是你们的符号。去找个别的什么故事让你们忘情其中吧。不论你找的是什么，都别指望让我或者随便哪个像我一样的人给你跳一段舞就找到了。

村民们站在世界舞台上，不知所措。他们中有些人看起来脸色煞白。有些人显得不太耐烦。有几个少女开始惊慌失措,因为要是这个女孩不死,她们中就非得有一个跳舞跳到死为止。

没必要的,女孩说。来来。我们都能想出更好的办法来。

一些村民义愤起来了;另一些则不置可否地看着光景。有几个人看上去很高兴。一位祖先摘下了他的熊面具,擦了擦额头上的汗水;这些服装很难长时间穿着。

迎春祈福,有许多办法都远远没有这么血腥,女孩说。我们可以与气候和四季更有效地协同配合,而不是拿人献祭。而且不管怎么说,你们这么做,只是因为你们当中有些人能从这类暴行之中获得快感。总有一两个人是这样的,总会有的。而你们当中剩下的人则担心,如果你们不和其他人做同样的事,那么那些为此兴奋的人可能要选中你们做下一个祭品了。

村民之外,剧院里一排排座椅上的有些观众也出离愤怒了。他们来这是看经典作品的。他们的钱白花了。评论家们都大摇其头。他们用 iPad 小笔在屏幕上激愤地书写着。他们激愤地在自己的 iPhone 上敲个不停。

人群骚动不已。

而众神却发笑了。

他们中有一位向其他神灵点头示意,伸手下去,把女孩尚起到神灵那看不见的大手之中,把她变成了神灵自己。神灵在眨眼之间就完成了这个动作,速度之快,让村民和观众们都来不及注意它的发生。但是众神给了女孩一身牢牢护体的盔甲。女孩感到真正的力量像神的呼吸穿过她的身体。

真正的力量，是感受到你的体内活着些比你自己的呼吸更庞大的东西。

然后那个300岁的女人走了出来。她知道该如何应对这种情况。

跟我们讲讲你自己吧，亲爱的，她苍老的声音说。

但女孩只是笑了笑。

老太太，你很清楚，这么做，就是让我完全消失的第一步，她说。因为，一旦你们所有人听到我说起关于自己的任何事，我所指的就不再是我了。我的所指将开始成为你们。

人群之中响起一阵低语。

我母亲曾经告诉我，*他们会想让你把你的故事告诉他们*，女孩说。我母亲说，*别。你不是任何人的故事*。

300岁的女人耗费了巨大的气力，让自己站得更直了一点点。她的一只鼻孔翕张，就好像闻到了什么难闻的气味。

要是我们无论如何都要拿你献祭呢？她说。不管你有多愿意，多不愿意？

女孩无谓地笑了笑。

你可以试试，她说。不管怎么样都把我杀了。你们肯定会这么办的。但你清楚，我也清楚，虽然我这么年轻，你那么衰老，但此时此刻的我比你更年长、更智慧。

台上的人，台下的人，以及网络上所有数以百万计的观众都发出了一声惊呼。

女孩笑得更响亮了。

来，继续，女孩说，把你最坏的劲都使出来，看能不能让事情变得好些。①

---

① 基于斯特拉文斯基芭蕾舞剧《春之祭》的情节,也可与题记中乔治·迈凯·布朗的《冬梦》对读,诗中被献祭的人在春天得到安放。

咖啡车仪表盘的时钟指向 12 点 33 分——但谁管现在几点呢？理查不受时间控制了，这或许是有史以来的第一次。他正以 60 英里/时的速度穿过限速 30 英里/时的区域（他能够看到测速器，他几乎就坐在驾驶座上了），两边各有一个女人，向他敞开的来世让他飘飘然，这就对了。他正搭车前往最近的城市。那个叫奥达的女人要带这些人去一个地方，问他要不要搭车，他说要，而现在他们全都坐在前排，因为后边除了橱柜和机器之间的油毡之外，简直没有地方可坐。给他那支笔的女孩被挤在了乘客门上。他自己则被夹在女人们中间，两条腿跨在挡杆的两边。幸好卡车是自动挡，否则就有点麻烦了。

座椅非常漂亮，是亮棕色的皮革做的。这些卡车内部设计都很时髦。驾驶侧车门的打开方向与普通轿车或者卡车相反，像欧洲大陆的车门一样，颇有些复古的味道。但方向盘照例在右边。有点故弄玄虚，但还是让人印象深刻。

那边是什么地方？他说。山上。城堡。

那不是城堡，咖啡车女人说。那是鲁思文兵营。

咖啡车女人名叫奥达·里昂斯。她在火车站外面告诉他们自己的名字。她是镇上的图书管理员。

是詹姆斯党人①叛乱结束的地方,她说。卡洛登之后第二天就被烧毁了。

什么之后第二天?理查说。

卡洛登,她说。

就觉得你说的是这个,理查说。卡洛登战役。好电影。

这可不光是一部电影,奥达说。是一场战役。还是一个地名。

没错,理查说。也是一部电影。很好的一部电影。彼得·沃特金。英国人对苏格兰人的最后一战。

好吧,她说(恰似一个图书管理员)。其实是汉诺威王朝对詹姆斯党人。但人们确实喜欢把事情简单化。时间确实会把事情简单化。鲁思文兵营在1746年4月被烧毁。剩下的詹姆斯党军队在战斗结束后的第二天聚集在兵营里,等着看下一步怎么行动,然后俊王子查理②传来了消息,说战斗结束了,每个人都自寻出路吧。于是他们放火把它烧了,这样对方的军队就没法再用这个兵营了。然后他们就上路了。

沃特金拍了那部关于核打击的电影但他们不敢放,理查

---

① 詹姆斯党人,又称雅各布派(Jacobites),是支持斯图亚特王朝詹姆斯二世(也是苏格兰的詹姆斯七世)及其后代复辟的政治军事团体,其中多为大主教徒。苏格兰当地也有许多贵族加入詹姆斯党的斗争。卡洛登(Culloden)战役是詹姆斯党人叛乱的最后一战,1746年的卡洛登战役之后,许多詹姆斯党人退回到鲁思文兵营(Ruthven Barracks)。
② 指查尔斯·爱德华·斯图亚特(Charles Edward Stuart),詹姆斯二世之孙,斯图亚特家族最后一位争取复辟的后人。

说。战争游戏。

我记得,奥达说。我也记得他的卡洛登。

卡洛登,理查说。卡洛登。

奥达说,电影名字还把这个词重复了两遍,真不错。

我在按你的发音重复这个词,理查说,因为我一辈子都念错了。我一直念的是克洛登。

那你还说看过那部电影,电影还那么好,奥达说。嗯?

这儿的这位卡珊德拉,就我身边这位,穿保安制服的那个年轻女人说。她对核打击有一些了解,昨天还用这些吓唬我来着。

永恒的核秋天,女生说。现在,在全球范围内,只用再来五次核爆炸,核秋天就将成为我们这个星球上唯一的季节了。

只用五次?奥达说。

可能都用不了五次,女孩说。鉴于我已经 12 岁了,而留给我们阻止气候变化对世界的毁灭也只有 12 年时间了,我要说,在我这个年纪,有种做点什么来阻止这一切的迫切感。

我还以为你叫弗洛伦丝,男人说。

我可以有好几个名字,女孩说。

我也是,奥达说。

我说的是传说中的那个先知卡珊德拉,女保安说。就是那个告诉人们未来的真实情况,但没人信她一个字的卡珊德拉。

这个保安是女孩的朋友,或者家人。她的名字叫布莉特,他猜测就是布莉特·艾克兰①名字里的那个布莉特。(虽然她实际上一点也不像布莉特·艾克兰,更遗憾了。

搞性别歧视。没情商。

对极了。但是不是对你自己苛责了点呢,他想象中的女儿说。)

那个鲁思文,那个地方。理查说。美吗?我在找一个地方。

拍电影?女孩问。

不是,他说。是为了我一个最近去世的朋友。我在找一个地方,就比如说一个美丽的地方,让我能够朝着天空,向她直接送去一个念头,一次致意。我想这就是为什么我一开始就来了北方。

我能想到有做这种事更好的地方,奥达说。

你朋友是什么时候过世的?女孩问。

8月,他说。

那没多久,奥达说。我很难过。

谢谢你,他说。她是个编剧,经常也给我做编剧。能和她一起工作是我的幸运。她是最好的。你太年轻了,没看过她的作品,实际上也许你们都没看过。20世纪60年代、70年代、80年代,如果你在那几十年里看电视的话,你就能看到她的作品,你肯定能看到,如果你看过你就永远都忘不掉,即便你忘了,它也会留存在你身体里的某个地方。非常

---

① 这里理查根据读音,把布丽特的名字(Brit)想象成瑞典女演员布莉特·艾克兰(Britt Ekland)名字的拼写方式。

有才,又太低调。

奥达向后伸手,向他们经过的废墟方向猛地竖起大拇指。

当然了,那里很美,她说。但那段历史。没那么美。

啊,他说。好。

一些民族对另外一些民族施加系统性的控制。交战,破坏,挫败。

你的朋友是个挫败的人吗?女孩说。

我怎么都没法把她和这个词联系在一起,他说。

好吧,那就不选那儿了,奥达说。他们把兵营建在一两座烧毁的城堡上面。自 1746 年以来,这里就一直是现在这个样子,可能是因为如果他们在上面盖房,就会有人把他们盖的东西全部烧掉。《联合法案》[①] 过后,新的英国政府先是建造了一批军营,他们想用这片新土地赚更多的钱。于是就把这片区域军事化了。这里有大约一个世纪的时间都是军事区,特别是在卡洛登战役之后。然后就变成体育庄园了。鹿园。

这里太多山了,人们永远都不可能在这儿生活,理查说。但这也正是高地的美丽之处。到处都是美丽的荒野。

他看着咖啡车女人奥达从脖子向上涌起红晕;从她外套的领口之下,一直蔓延到她的耳朵。

不,这曾经是个繁华热闹的地方,她说。绝对是人口稠

[①] 指 1707 年英格兰与苏格兰签订的《联合法案》(Acts of Union),自此,英格兰与苏格兰同属一个国家,也即这里说的"新的英国政府"。

密，比现在可热闹得多。我可不是说高地清洗对这儿的影响有北方其他地区那么严重。

清洗，理查说。

清洗，复数，奥达说。又学一个新词。

店铺倒闭时候清仓的清①？女孩说。

英国统治阶级在一些坏蛋、一些有地的部族首领帮助下，系统性清除高地人口的清，奥达说，而这只不过是200年之前的事，历史的一眨眼。我说的系统性清除，指的是他们对待人，就像你砍柴或者砍掉一丛荆豆花，然后他们的报纸上写他们正改进这个地区，*平定这里的野蛮人*。那些世代住在这里的人都很聪明。他们非得这么聪明不可。这里农耕条件很艰苦，但他们想出了自己的一套办法，克服困难，在这耕作了几个世纪。我是那些自由不羁的野人的后代。

拍片子的，嗯？电影导演那种？保安布莉特说。

他把头朝她侧过去，口气里带着自嘲。

是，电影导演那种。

是吗？她说。真的？

主要是电视，他说。报应。我年轻那会儿，电视上一切稍微进步一点的东西都经常被看成是一种罪过。

她开始给他讲一个漫长的故事，关于她在电视上看到的一部她永远忘不了的电影。但理查不再听了，因为卡车上低声播放的收音机正放着一首古老的流行歌曲，唱着阳光下四季中的喜悦与欢乐，唱歌的男声嗓音纤细，唱着他快要死

---

① 清仓与高地清洗（the Clearances）同为 clearance 一词。

了，正和他所有的朋友说着再见，而理查刚又想起了这件事：

20世纪70年代的一个夜里，1973年，还是1974年？帕蒂打电话来，叫醒了他。

杜布迪克，我要你马上过来。如果可以的话。你可以吗？

凌晨2点45分。他在雨中挥手拦下了一辆出租。

双胞胎里的一个，当时还没到青春期，打开了前门。

你妈妈给我打电话了，他说。出什么事了？

隔着墙传来了音乐，放在凌晨3点，声音确实很大。

你来了，帕蒂说。很好。我们不知道该怎么办。在我卧室里是最糟糕的，但孩子们在房子背面的卧室也能直接听见。厕所是唯一能消停一会儿的地方。但我们不可能都睡在厕所。

歌唱完了；音乐停了下来。

好了，理查说。

帕蒂扬起眉毛。

歌又开始播了。

啊，理查说。

帕蒂和那个双胞胎笑了。在他们身后某间卧室里的另一个双胞胎也笑了起来。

这是什么歌？理查说。

目前排行榜榜首的歌，一个双胞胎说。

特里·杰克斯。《阳光季节》，另一个喊。

你已经给他们打过电话了，理查说。

拨号点播，楼道里的双胞胎说。

两个双胞胎乐不可支。

我们打过电话，帕蒂说，我们按过门铃，我们敲过后门和前门，砸过他们的墙。我们向他们的窗子扔过石头。可以说我们非常十分确定他们不在家。

今天下午四点半就开始放歌了，卧室里的那个双胞胎喊道。

唱针会磨坏的，理查说。

钻石的。磨坏可要好几天，前面一个双胞胎说。

报警？理查说。

帕蒂冷冷地看了他一眼。

她不愿意报警，也不让我们报警。卧室里的那个双胞胎喊道。

如果有人死在里面怎么办？他说。

他们即便是死了，她也不会让我们报警的，另一个双胞胎说。

如果他们在里面，而且还没死，我会很乐意报警，卧室里的双胞胎喊。

歌唱完了，又开始了。

即便哈德威克夫妇*真的*死在里面，另一个双胞胎说。事实证明特里·杰克斯是不死的。

过了四十多年，理查还记得自己是如何爬上平屋顶，撬开窗户，把自己从空房子里吊下去，循着歌声走到客厅，又如何抬起唱片机的唱臂，如何把单曲唱片从转盘上拿下来，带回帕蒂家，凌晨4点，也记得她如何把一支铅笔穿过转盘孔,四个人都围坐着,看着,喝着咖啡,那种人人都喝的加奶粉的速溶咖啡,而一个双胞胎把那张45转唱片尽可能地靠近完全点着的煤气火。

然后理查又从他之前没关的窗户进去,把对折的单曲唱片放在唱片机旁边的地毯上,下面放了一张纸条,上面写,"阳光季节阳光过头了"。

他把窗户关了又闩上,显得像没人进来过,然后用在门框上方找到的钥匙打开了后门门锁,从后门出去。他又用这把钥匙锁上了门,把钥匙给了帕蒂。

以防特里·杰克斯死而复生,他说。

这让两个双胞胎都笑了。

他这时笑了——在另一个国家,与一群从未见过的人一起旅行的路上,笑了。

就好像60年代昨日重现。

他没死。

哈哈!

他对穿着保安制服的女人高兴地笑了笑。她用极其古怪的眼神看了他一眼。

这么多年后回忆起这件事,其中最令人惊奇的事情是,他居然对这对双胞胎感到了爱怜。可爱的德莫特在笑。可爱的软心肠小帕特里克用手捂着脸在笑。

穿制服的女人明显在等他说些什么回应的话。那个女孩也在期待地看向他。但他不知道大家刚才都在说什么。

有时候,他说,我们不知道人们为什么要做他们在做的那些事。但我们只能尽力而为地去应对,应对的时候还得尽可能保持良好的心态。

我觉得他不大可能保持什么良好心态,女保安说。因为纳粹明显要打爆他的头了。

纳粹?

嗯。

理查竭力思考着一些合适的话。

可怕的年代,他说。真的。不用去经历那段日子,这总让我觉得如释重负。这些东西现在总出现在电视上,总是一模一样的骇人录像,一模一样的面孔,一模一样的,大喊着不要问犹太人买东西的恶棍,一模一样涂写着口号的店面,一模一样被恐吓、被欺侮的人在镜头里踩着烂泥,走向或走出一节节列车,一模一样熟悉的希特勒喊话录像。就好像这么可怕的历史是某种娱乐一样。那么多的恶毒。那么多的愤怒。那么多的暴行。那么多的死伤。你感觉我们会从中吸取教训。我们没有,相反,我们把它重播再重播,让它在房间的角落里反复播放,而我们置若罔闻地继续生活。恐怖的年代,轻易就能复活。键入几个字,就能在任何一块屏幕上重现。有点像刚才广播里播的那首歌。在一些超市里面我也有类似的想法,你知道,他们会播几十年前的歌,就如同这些歌是现在的歌一样。好吧,它*是*现在的歌。我说的是如同。就好像人把马腿捆上。这样一来没有了向后扯它的力,也就很难往前走。

女保安向他表示感谢。

乐意效劳,他说。

他朝那个把他带离铁轨的女孩眨了眨眼睛。卡车的驾驶舱里挤了太多人,她被狠狠地压在门上,几乎转不了头。

你在那还好吗?他说。

我很好,她说。我正在尽力而为地应对我的处境,而且还得尽可能保持良好的心态。

大家都笑了。

在那一刻,任何在他们身边来往经过的车辆都会看到这一幕,而理查知道这一幕是自己想用影片记录下来的。

保安说,你还觉得自己挺逗。

我*就是逗*,女孩说。

是脑子秀逗,保安说。

卡车里继而一片寂静,只有广播里传来《最后的倒计时》的歌声,奥达伸手把广播关了。

感觉好点?她对理查说。

抱歉,他说。不是故意要抱怨的。

但你看,她说。你说得对。我们现在就彻底松绑了。

她向下踩了一脚。卡车加快了速度。

这些卡车能开得特别快。

有多远?女孩又问。

战场,奥达说。瞧好了。

我们在去一个战场?理查说。*那个战场?*

有多远?女孩问道。

告诉她有多远,保安说。

不远,奥达说。

以分钟、小时、天、星期或者月为单位来说呢?女孩说。

据我估计,让我们看看,奥达说。还有一个传说和几首老歌那么远。

歌?布莉特说。她要唱歌吗?

你知道吗,奥达说,口号这个词最初是个盖尔语词。你的人刚说这个词让我想到了。原本指军队的喊声。Sluagh-ghairm。口号。意思是作战的口号。你需要知道的口号一直以来的含义,就都在这里头了,无论是夺回控制权,还是说离就离,还是不要问犹太人买东西,还是我就喜欢,做就对了,涓滴成河①。

他不是我的人,保安说。

我不在乎时间流逝的时候用的是什么语言,女孩说。只要它流逝就好。

---

① 这些口号(slogan)分别来自脱欧(take back control 和 leave means leave)、纳粹排犹抵制活动(don't buy from Jews)、麦当劳(I'm lovin'it)、耐克(just do it)、乐购超市(every little helps)。

1976年4月1日：像所有的旧日一样，充满了各种常见的可能；是新闻报道让人心神不宁的一天，是关于*叙事策略和现实*的一天，是关于*共生*这个词的一天，别管它是什么意思。而且最重要的是，是意外有了一次特别好的性经历的一天，理查终于明白，他一直在满心希望地向着这一天奔徙，因为这任凭日常困苦扰人心神，而仍怀揣希望的奔徙，就是爱。

你为什么管我叫杜布迪克？事后他问，在她的床上，头枕着她的手臂。

什么为什么呢，亲爱的？帕蒂说。

（帕蒂，躺在他的身边，正在神游。）

是用来赞美我特别高超的能力，对不对？他说。

你说什么？哦。杜布迪克。哈。

我当然愿意这么想了，他说。但既然你许多年都这样叫我，从我们第一次见面就开始，所以我明白，这不可能跟你今天才头一次体会到的超强能力有关系。除非你一直在幻想我。那也就是说，现在——但愿不是啊——你也可能有点失望。

她笑了。

和你的小弟弟没关系，迪克，她说。

哦。哦好吧，他说。

我和所有人一样，都享受好好地干一次，刚才那次真的是不错。谢谢。不，你的双名是从查尔斯·狄更斯的一个老故事里面取来的。

哦，他说。现在 *我* 有点失望了。

故事不太有名，她说，是一个和你同名的年轻人的故事。

理查还是利斯？理查说。

理查·杜布迪克的故事，帕蒂说。我们第一次见面，你跟我说你叫理查，除了这个小说人物之外，我没遇见过别的理查，所以在我的脑海中，跟在你名字后面的那个词就很自然，而且一直都会是，杜布迪克。而你现在已经开始跟这两个词有点像了。

果然是编剧会和一个赤身露体的男人说的话，理查说。剧情是什么？

剧情里颇有一些老套的起起伏伏，帕蒂说。就是有个年轻人，名字叫理查·杜布迪克，被征兵入了伍。他不是个好兵——做什么都不大行。早年生活困苦，童年不幸，心里很不快乐，生活也很迷茫，总跟自己过不去，于是就喜欢上了惹麻烦。但后来，一位军官对他感兴趣，和他交朋友，帮他把自己的生活理顺，把他当成了家人。很快，杜布迪克就变成了一流的战斗机器。然后，那个军官战死了，理查·杜布迪克心碎了。他宣称，死也要为军官的死报仇，他将把一生献给这次复仇。

就这样。岁月流逝——

肯定会的,理查说。岁月总是流逝。

——然后他恋爱了,帕蒂说,娶了一个可爱的女人,他全心全意地爱着她。他去见了她的族人,一迈入他们家族的地界就意识到,他与杀了他亲爱的上尉那个军官的家族联姻了。

啊,理查说。

可不,她说。

唉,那他怎么办?

这就是问题啊,帕蒂说。这不永远都是问题吗。就因为他做的事,这个故事才是一个伟大的故事。他放下了怨恨。他决心抛弃前嫌。故事的结尾像个预言,他在幻觉中看见家族中一方的儿子与另一方的儿子在同一阵线上并肩作战,一同御敌,法国人和英国人在同一条战壕里作战。故事说,战争不会消弭。但能够消弭的是敌意。时移世易,人生中看似固定的、动弹不得的、封闭的东西能够改变,可以开放,一段时间里不可想象的、不可能的东西,到了另一段时间轻易就会成为可能。

读这本书的时候我还是个女孩,刚满13岁。那是我最后一天上学的日子。那时我的人生没有任何可能性。父亲刚刚过世,没有钱,我们都得出去工作,连我最小的妹妹也是,她那时才11岁。我们不笨,我们都不笨。我的父亲,一个绝顶聪明的人,被白白地糟蹋了。被人发现死在一条他参与修建的公路上。他之前在这条公路上当过工人。我们没有出头的机会。而警察是凶残的混蛋。那个时代就很凶残。我们的一个姐姐也在那年死了。玛吉。结核病。19岁,那么爱开玩笑,四肢那么灵动,我现在在脑海里都能看到她突然转过身,调侃些什么东西,她喜欢跳舞,喜欢亲吻男孩,我们像极了,她和我。镇上的摄影师给我们拍了照片,我还记得那时他们给照片手工上色,他从全家人里挑出了我,把我的脸颊染成和她一样的红色。这更让我觉得我没什么出头之日了。

于是我在图书馆,图书馆里有个空的炉膛,修女们不太喜欢取暖,我坐在它边上,心里盼望一个空炉子或许还能保持一点热度。我坐在那儿,手里拿着书,心想,这或许是我这辈子最后一天有机会坐着,手拿一本书了。

我们自己没有书。我们没有书。

我从书架上拿了离手边最近的一本书。我下定决心,无论如何都要把一个故事从头读到尾。我一边翻着书页,一边想,我的人生就像那个炉膛一样空空荡荡,我就是那炉膛里面的灰烬。

但时间的工厂是秘密的所在,这又是查尔斯·狄更斯了。有时候我们很幸运,只用一点点帮助和一点点运气,就能对历史本来教我们成为的那种人,那种汲汲无名的人有所超越。我们活成这样,纯粹靠别人的恩情和付出。反正我是这样。*祝福那些帮助过我的人,这是我睡前的祈祷,也愿我能在许多像我一样的人生命当中成为这样的人。*

我现在在这儿,肯定是出于你的恩情,理查说。

我觉得你手放的那个地方一般不会被人叫作恩情,帕蒂说。但来吧,我们能不能来个双倍的,迪克?

我管这叫实至名归,他说。

之后,他们编了一些关于《艰难时世》的笑话,她发明了些可能会被命名为 Doubledickens 的,想象中惹人发笑的性行为。然后帕蒂让他下楼去泡一壶茶,等他用托盘端着茶具回来,她已经洗过澡,把所有的衣服重新穿好,两人喝了茶。

就是这样。

他睁开一只眼看了看时间。时速表旁边的时钟显示 13 点 04 分。那个叫奥达的女人正用一种语言唱着歌,那种语言听起来就好像,如果你的潜意识有一种语言并且能唱歌的话,那就是它了。

他合上了这只眼睛。

13 岁的孩子帕蒂坐在一个空炉膛边上,双臂环抱着一本书,把书像护身符一样紧紧抱在胸前。

她那么瘦,他的目光可以直接穿透她。

在她身后有一整排的孩子,队列那么长,无穷无尽。他们的衣衫破旧得像枯叶。他们的手是唯一小到可以伸进工业机器,清理出油腻的垃圾和纤维的东西,而这些垃圾已经充满了他们的肺。但是,没有一只手可以伸到里面,去清理他们的肺。

谢天谢地,那些日子已经过去了,他想。

谢天谢地,现在的世界好一些了。

跟上时代吧,童年时期的帕蒂说。

她的声音很像他想象中的女儿。

就在此时，矿井下的孩子，她说，就在这 13 点 04 分。你知道矿井底下有小孩的。他们正为所有的环保电动汽车开采着钴。

就在此时，穿着 Hello Kitty 图案的破衣烂衫的孩子们，正坐在奴隶劳动棚里，用锤子敲打废旧电池，从中提取他们一碰就会中毒的金属。

在垃圾填埋山上吃垃圾的孩子们。

年纪各异、能为色情行业创收的孩子，他们被利用，被拍摄，被易手，被再次拍摄，钱在他们的头顶转手，就在此时，13 点 04 分。成千上万不知道他们的父母在哪里，不知他们是死是活，不知能否再一次见到父母的孩子，被关在美国滴水成冰的仓库里的小孩。就在此时。你现在只管说*世界好一些了*。在这个国家，到处都是漂洋过海来到这里，孤身一人，然后就失踪了的小孩。还别忘了那几十万在这里出生，在这里生活的孩子，老天知道他们靠什么活着，靠喝风活着，古老的英国式贫困旧瓶装了新酒。

成百上千万的我们。如果他们，我是说我们，缝得不够快的话——童年的帕蒂身后，绵延数英里的队列中有孩子告诉他——那么开工厂的人就会把我们的手按在针下，逼我们把脚放上脚踏板，踩下去，把线缝进我们自己的手。所有的T恤，所有最平常的巧克力棒，没有一个不是我们的双手参与制造。没有一段历史油汪汪的财富不深深浸着我们的劳动。我们是工厂。我们被生吞。我们由此成了最饥饿的厉鬼。我们靠你们这些可怜的瘦家伙活着，这是事实。

绝对是帕蒂，这个声音说。

所以,他想象中的女儿是否从来都是童年时候的帕蒂?

他这么想的时候,他脑子里那个衣衫褴褛的孩子向他吐出一团火。她的手着火了。她向他挥动自己着了火的手,引起他的注意。余烬从她的手指上滴落下来,落地,砸在她脚下的地面上,形成燃烧的、光的碎片。

别觉得这些都围着你转,杜布迪克,她说。看在老天的分上,醒醒吧。

他睁开双眼的时候是 13 点 05 分。

他之所以睁开眼睛,是因为那深幽的歌声停了。

他们正驶过一座山的山巅,美丽的风景在他们的脚下展开,有水,有桥,有一座闪闪发亮的城市。

我们在哪?他说。

你刚去哪了?奥达说。

你的歌声像摇篮曲一样笼罩着我,他说。就好像无意识有种语言能说话一样。无意识,潜意识,我从来不知道区别在哪。我的意思是,听起来就好像它们之中有一个在唱歌。

我知道你是好意,但这是一种有意识的、日常的、非常真实的语言,奥达说。但感谢你的,呃,怎么说呢,浪漫主义吧,我猜。

是让人镇静的歌,女保安说。你可以在网上卖这些歌。能赚大钱。

谢谢,奥达说。我觉得也是。

我们在的地方离那不远了,是不是?女孩说。

一个有紧迫感的小孩,理查说。世界最好的推动力。

我只是要在镇上停一停,买点东西。奥达说。我们没料到今天要接上你们这么多人。

她转向理查。

你说你朋友死了的那会儿,她说。我就想问你点事。我在想,你有没有可能和许多年前一个电视节目有关系,《安迪·霍夫南》。有关系吗?

理查揉了揉额头,把手掌跟放到一只眼睛上。

我是在做梦吗?他问那个女孩。

你清醒得要命,在盖尔语的事情上得罪了奥达,把我说成是小孩,得罪了我,女孩说。

那么我人肯定在这,他说。但我可能还在睡觉。在梦里也完全能得罪人。

他转向奥达。

《安迪·霍夫南》是我做的,他说。

你是导演理查·利斯,她说。

我是,他说。

!

他对她的话是那么的惊讶,以至于他都忘了附上那句他一贯会说的"报应"。

《问题之海》,她说。

是!他说。

《百音琴》,她说。

《百音琴》,他说。天啊。

我小时候最喜欢的,奥达说。好吧,是十来岁的时候。

现在没人记得《百音琴》了。我甚至都把《百音琴》忘了。

我喜欢极了,她说。写剧本的人就是你刚去世的那个朋友,是吗?你提到的那个。我在报纸上看到了。

是她,他说。我的朋友。

我很难过,她说。我在报上读到这件事,就想,这就是写下了所有这些剧本的那个女人。帕特里夏·希尔。

是她,他说。实际上,《百音琴》的想法就源自她为安迪·霍夫南做的研究,她花了很长时间泡在图书馆,向前阅读跟贝多芬的《致希望》有关的东西,听音乐,然后,你知道,她读到一个人请求贝多芬为他的机器乐队谱曲的故事。①

百音琴,女孩说。卡拉德许万智牌里的那种?

理查眨眨眼。

贝多芬是 18、19 世纪的作曲家,他说,然后——

啊哈,我知道贝多芬是谁,女孩说。我问的是那个音乐盒。我弟弟的卡牌里有一张什么图片,名字和百音琴一样。不过你接着说吧。贝多芬是 18、19 世纪的作曲家,然后呢?

如果我在这么宽泛的话题上都能百发百中得罪人,那我绝对不是在做梦,理查说。

他把跟《百音琴》有关的,他还记得的内容告诉了她们。

贝多芬有一个朋友,就是发明节拍器的那个人,他做了一个机器,可以模仿一支完整的管弦乐队。这位朋友请求贝

---

① 机器乐队,又叫机械乐队(orchestra machine)或百音琴(panharmonicon),是约翰·内波穆克·梅尔策尔(Johann Nepomuk Mälzel)在 19 世纪初的发明。贝多芬曾为机器乐队创作《威灵顿的胜利》,纪念 1813 年 6 月威灵顿公爵在西班牙的维多利亚战役中战胜法军。

多芬为他创作一首曲子，好让他公开展示他的机器。贝多芬就写了。

这首曲子大约有一刻钟那么长，理查告诉她们。曲名叫《威灵顿的胜利》，是法国曲调和英国曲调之间的一场大战。这首曲子在当时家喻户晓。现在没人还记得了。它拿《不列颠万岁》和国歌与《他是个大好人》的曲调相互较量①，后面这首原本是个法国歌，根本不是英国歌，讲的是一位大名鼎鼎的公爵出征然后战死的故事，从他的坟墓里长出一棵树，一只鸟坐在树上。诸如此类。

理查告诉他们，贝多芬的写法不仅让发明家得以展示机器的各种音色，还能展现出早期的立体声效果。

所以，音乐是有偏向的，他说。字面意思上的偏向。其中有一些发生在你听觉的一侧方向，有些则发生在另一侧方向。你就是这么知道哪一侧会赢的。模仿大炮的鼓声在一侧比在另一侧消逝得更快。

而帕蒂，大家都叫她帕蒂，我的朋友，她也管她自己叫帕蒂。嗯，帕蒂特别喜欢这些。她把这个故事的雏形写成了剧本，讲的是在一个英国的村子里，一条道路两边的人发生了争执，他们争执的焦点，是哪一边认为自己最有权使用中间可以停车的草坪，以及当一方夺得所谓的控制权之后会怎样。

大屠杀，奥达说。汽车屠杀。特别棒。燃烧的雪糕车。

---

① 《不列颠万岁》（*Rule Britannia*）是英国爱国歌曲，《他是个大好人》（*For He's a Jolly Good Fellow*）的曲调来自法国歌曲《马尔伯勒去参战》，现一般用来在生日派对、婚礼、庆贺等场合表演。

他们应该重播这部剧,就在现在。这部剧实在是超越时代,也太应景了。就好像她能预见未来。

她那会儿棒极了,理查说。现在,一直都棒极了。

我当时特别喜欢那个男孩的角色,奥达说。

那个演员后来演了各种电影。理查说。《幽情密使》《恋马狂》《午夜快车》。然后他去好莱坞了,我不知道他之后怎么样了。

他当时就特别棒,奥达说。

丹尼斯,理查说。

丹尼斯,是的,奥达说。和他的大提琴。不敢再带着琴去学校了,那些坏孩子会找他麻烦。

然后他去和道路另一边的一个女孩一起坐在小镇的山坡顶上,他喜欢这个女孩,女孩也喜欢他,女孩叫埃莱奥诺拉,父母是意大利人,而邻居们把冰激凌车点着了。他们眼看一辆辆燃烧的汽车顶上冒出浓烟,理查说。他们一本正经地说起为什么他们都觉得自己一方有权占有那片草地。他们差点打起来。然后莱奥,他叫她莱奥,就开始笑,说看啊,从上面这样看下去,下面发生的事情多傻啊。然后他也一样,开始笑了。然后是结尾——他们一起站在他们所住的那条路的尽头,看着两边的邻居向对面的房子扔石头。她唱起了一首歌,他演奏起一个不同的曲调,然后这两个曲调相互配合,成为同一首歌。

然后有那么一瞬间,奥达说,一个不可思议的瞬间,当这两首曲子相遇,听起来是那么的美妙,人们就不再向对方扔石头了,他们都转过身来,盯着他们,静静听着。

而再过一瞬间,他们又开始向对方的房子扔石头,理查说。然后他们的父母走出了人群,把他们拖到各自所住的一边。

大提琴躺在混凝土上,四周是烧毁的汽车和残砖碎瓦,奥达说。

一个特别生动的结局,理查说。

不是结局,奥达说。

是结局,理查说。

结局是他们两人在火车车厢里,奥达说。离开村子。走向外面的世界。两人在一起。

哦,理查说。哦。你说得很对。是这样的。片子当时是这样。

那种六座的老式火车车厢,奥达说。门关着,隔着玻璃你听不见他们说的话,现在这是他们的隐私了,他们看看外面,确保没人盯着他们或跟着他们,然后火车向前变轨,他们扑进对方的怀里,跳了一支滑稽的舞蹈,我们随后看到火车的外面,接着俯瞰村子,俯瞰火车离开村庄,越来越高,越来越高,你就从飞鸟的角度看到这一切都是多么的渺小。

理查笑了。

上帝视角的镜头,他说。花的钱比其他所有东西加在一起还多,费了好多心血才拍成。简直不敢相信我竟然把它忘了。你比我更了解这个片子。这还是我做的。

演莱奥的那个女孩后来怎么样了?奥达说。

叫特蕾西什么的,他说。《发狂的艾曼妞》,还有宝莹①的广告。那之后我就不知道了。

我们的文化真丰富,奥达说。

女保安唱起了一首歌,用的是《他是个大好人》的调子。

狗熊翻过了那座山,她唱。狗熊翻过了那座山。狗熊翻过了那座山。但这纯属浪费时间。因为山外有山山外山,山外更有山外山。山外更有山外山。狗熊只能把家还。

咖啡车里的每个人都加入进来,边唱边猜下面的歌词。

车在一家大超市的停车场停了下来。

我们到了吗?女孩说。就是这儿吗?

不,奥达说。

我不想表现得太像一个,对吧,一个小孩。但我们是不是快到了,现在还有多远,还有多长时间。还有诸如此类的好多其他问题,女孩说。

告诉她还有多远,多长时间,女保安对奥达说。

像一根绳子那么长时间,像我打算把你俩扔出去的距离那么远,奥达对女人说。

她打开她那边的车门。她绕了过来,打开乘客门,在女孩要掉下去的时候一把抓住了她。

他们仝站在停车场里,围着咖啡车。

你到因弗内斯了,利斯先生,奥达说。如果你不想走路进城,那边有公交车可以进城。我很抱歉,不能继续载你往

---

① Persil,洗衣剂品牌。——编者注

下走了。我真不敢相信,我竟然能见到制作《今日剧场》的人。这点亮了我的一整天。

我的一整年,他说。我的十年。

这是多小的概率啊,对吧?她说。

她羞涩地拥抱了他。他羞涩地回抱了她。

他向女保安道别。

再见了那就,她说。

他瞄向那个女孩。

我知道你对我有恩,他说。

实际上,她说,要是我们按传统来的话,我现在就得正式对你的下半辈子负责了。但我不怎么在意传统,所以你挺有福气。

遇见你确实是我的福气,他说。

他从兜里掏出假日酒店的笔。

你让我留下了这支笔,作为回报,我就不让你对我负责了,他说。

但她已经走了,转身走向她的未来。

她们向着超市走去,把他抛在身后。他独自一人,站在陌生城市的一座停车场里,重又被丢回他自己的人生故事之中。

超市正门上方的时钟显示 1 点 33 分。

一个人正直直地盯着几只柠檬。

柠檬的表皮有些坑洼，就像稍有些疙疙瘩瘩，或变得有一些粗糙的皮肤。

柠檬的尖端让人联想到乳房上的乳头，正如在罗马的博物馆里，那些完美的女性雕像的乳房，博尔盖塞别墅里面，双手正变成树枝的女人雕像的乳房。

一幅蜕变的女人图片，我父亲说。很愉快。希望你也在。

我是个老性别歧视者了，他想。

你年轻时候也性别歧视来着，他想象中的女儿说。还挺好玩，不是吗？

我怎么可能不是啊？他说。别怪我。

我没怪你，她说。

我们那会儿什么都不知道，他说。

像狗吃了你的作业一样，蹩脚的借口，她说。

别说话，他说。我忙着哪。

忙着干吗？她说。

努力寻找柠檬的柠檬性，他说。

因为在这个人的故事当中的这个时分——一个可能死但没有死，一个反而站在了超市的水果区的人，看着在某个地方种植、从某个地方运到某个地方、用车拉到这里、卸进这些盆中、在腐烂之前待价而沽的这些柠檬的肤色——在这个时分之中的某处存在着一些寓意。

但他仍然没有找到。

他的目光从盆里的散装柠檬移到另一片区域，那里有装着黄色塑料网袋的柠檬。他从一堆散装柠檬里拣起一只，拿在手里，感受它的重量。他把它放到鼻子前面。什么也没有。他用拇指的指甲从柠檬皮上抠下一点，穿透蜡层，再试一次，来了，饱满的柠檬气味，甜味和苦味同在。

看，闻，触，这么多的感官重新焕发了活力，只是因为靠近了一只柠檬。这就是他该有的感觉。

但现在出现在他脑海里的，是他前妻的一个朋友送给他前妻的圣诞礼物，一棵小柠檬树，那时离结束很近了，就在她们离开他之前的那个圣诞，那小苗纤弱极了，上面结着一颗大得出奇的柠檬，与那结出它的细弱花茎相比那么大，那么重，让丰硕的果实显得有点像个怪物。

那棵树刚到的时候散发着美妙的清香。然后它所有的花都谢了，所有的叶子都掉了，新叶子长出，又掉落，又重新长回了一些。但它是个很顽强的东西。她们走后的那个冬天它才终于死了，他这时才意识到，在这几个月里，他一次也没想到过要给它浇水。

嗯，它们在高温下生长，对不对，在干旱的国度。它们应该不怎么需要水。

这些都不是他想要去想的。

他想要去想的是，是的！生活！热情！

还有一个女人！一个完全不认识的女人！她拥抱了他，认出了他！知道他是谁！说他点亮了她的一整天，知道他在世上做了些什么！比他更了解他的作品！

没有。

一棵掉光叶子的树是他正在想的东西。

如果这些柠檬不是超市里的柠檬，体验是不是就会不一样了？如果它们是还连着叶子的西西里有机柠檬，而不是种在巨大的温室里，喷洒了化学药物的，大规模生产的工厂柠檬？如果他是在真正的西西里岛，在一片更温暖的天空下，看着一颗仍然与树相连的柠檬，情况会不一样吗？

他想到一棵被毁掉的果树，他毁掉的。

他到底在干什么？

最重要的是，就在此时，此地，他到底在干些什么，在这个国家的一片异域之中，绕过他、经过他的人们所说的英语全是这种奇怪的纯元音，而他在人生的最低谷之后高昂起来，又从高处降落，那低谷还在他的身下，一个被别的事情几根细弱的枯枝暂时遮蔽的大坑，而在这一切之下，他的朋友仍然死着，他的家人依然不知所终，他的工作仍旧支离破碎，一棵果树永远毁了，而他的人生是一片严冬的荒漠？

超市时钟上的1点34分。

在这里，在每个人的头顶上方，超市正播放着一首歌，告诉大家要向着群星，攀登高山。

拉倒吧电视剧先生，他想象中的女儿说。你这个据称是艺术之王的家伙。你到底在干吗？在这地球上干吗呢？

他看着手里的柠檬。

然后他看见，在他自己的这只手之外，那个叫什么来着，布莉特，那个保安。

她正在水果区的过道里跑来跑去。他看见她跑出正门，在那站着，又跑回来，沿着收银台和扫码区的背面做着冲刺。

她发狂地跑。像在他们所有人头顶播放的那首歌一样疯狂。她看见他了。

她向他跑去。她大喊着。

她们？她说。

抱歉，什么？他说。

跟你在一起吗？她说。她们跟你在一起吗？

谁？他说。

她们在哪？她说。你看见她们去哪了吗？你上次看见她们是什么时候？

跟你在一起，在停车场，他说。十分钟之前。

你在撒谎吗？她说。你是不是一伙的？

什么？他说。什么一伙？她们会在车上的。

两人一同来到停车场。他们去了他觉得咖啡车刚才停放的地方，但他们找不到哪排车才是对的。或者就是车不见了。

它刚才就在这儿，她喊。

她站在几辆越野车之间的空隙里。

它刚就在*这儿*，她喊道。就在*这儿*。

她几乎是号啕大哭了。在卡车刚才停放的位置，她向空气里挥舞着一个粉红色的行李袋，袋子不停击打着一辆越野车的侧面。她敲打的那辆车警报响了。她毫无觉察。

你不明白，她说。她的书包在我这。她会用得上这个书包的。这事关信任。我不相信她这么做了。我不相信她会这么做。

她们不可能走远，他说。拿你的手机给她们打电话。

她没有电话，她哭喊道。

她们原先要去那个战场，他说。打个车。给出租车公司打电话。

保安掏出她的手机。

她重又问他战场叫什么。

直到下午很晚的时候，在战场之后，在 SA4A 面包车之后，在喊叫声和警察之后，在这一切都结束之后，他站在那里，试图在脑海中把一切拼合起来，惊奇于自己怎么会根本看不见那就发生在眼前的事，他把手伸进外衣口袋，找到了在超市的水果区过道里，那颗他曾拿在手里，在其中寻求某种寓意的，柠檬。

那是 10 月的事了。

现在是来年的 3 月。

到了这时,理查对因弗内斯和卡洛登之间的道路已经相当熟悉了,他已经来回来去——这是当地人的说法——为他的新项目做过多次采访了,他打算把这部电影叫作《百千万人》。

> 亲爱的马丁,
> 抱歉。
> 不能给你拍片子了。
> vbw,
> R.

匿名起见,他拍摄的是人的剪影。气氛方面,他的拍摄地是停在战场停车场上的咖啡车。他先来,拿出小摄像机放在杆上设置好,受访者来到,坐在车里的矮凳上,头顶一份罗列着各类从未存在过的咖啡价格表,他调好光线,以使这里面任何人的视觉形象都不会遭到其他人的利用,然后他按下按钮。

录像。

你过滤到这里来的人,在一个每张新面孔都会惹人注意的村庄或小镇上,难道不会非常显眼吗?他对第一个受访者说。

我们是一个全国性的网络,一个奥达形状的剪影说——就是他第一次到这里的那天,那个开咖啡车的女人。但这里也是不错的。旅游业发达。而且大多数情况下人们都很和气。要是有人耍横的话,怎么说,如果你已经横穿了整个世界,活了下来,天知道顶着什么样的压力一路到了这儿,那么不管你在哪,当地人的耍横在你体会下来,都可能无非是被蠓虫叮了一下。

奥达不是她的真名。

她不愿告诉他自己的真名。

在奥德联盟①网络中,每个人都叫自己奥达或者奥多·里昂斯。

他第一次给奥达的真身在金尤西图书馆的地址发邮件,有人转发给了她,她写了回信,把他们的网络如何得名告诉了他。

我15岁的时候,她写道,我在电视上看了你的《安迪·霍夫南》,特别喜欢,在一张磁带上找到了贝多芬的《致希望》,听了。我甚至去了图书馆,查了德语词,用德语词典

---

① 奥德联盟(Auld Alliance),其中 auld 意为"古老",是苏格兰歌曲《友谊地久天长》(*Auld Lang Syne*)中的词语。奥达/奥多·里昂斯(Alda/Aldo Lyons)就是把组织名 Auld Alliance 变成人名。

弄明白了这些词的意思。然后我坐火车去了阿伯丁，他们的架子上有几期《听众》①，我查了你的朋友帕蒂接受采访时说起创作《安迪·霍夫南》的过程，以及她为什么给片子取了这个名字。

我特别喜欢她把曲名变成人的名字。我喜欢她把"*致希望*"三个字变成了一个真实的人，让这些字拥有了人的形状。

你声称，在一次采访中他说，到目前为止，你已经帮助了 235 个人离开拘留地，或是脱逃，或是暗度陈仓。有没有夸大其词呢？

我觉得实际上远远超过 235 人，剪影说。

这个说自己名叫奥达·里昂斯的人形剪影最初是受到了奥德联盟的救助，现在回过头来为奥德联盟服务，救助其他人。

你一点也别觉得这些事情里有哪件是简单的，她对摄像机说。真的是很难很难。

她说着一种深思熟虑、吐字艰难的英文，很美。

难，怎么说？他说。

意思是说，她说。我们从一种隐形来到了另一种隐形。我一度没有任何权利。我现在仍然没有。我一路背负恐惧横穿了整个世界，来到你叫作你的国家的这个地方。我现在仍

---

① *The Listener*，BBC 在 1929 年到 1991 年间的杂志，内容涵盖已播出的访谈节目记录，以及待播的知识类节目预告等。

然背负着恐惧。现在我是这么想的。恐惧就装在我的行囊之中。我的余生,不论我走到哪,做什么,恐惧永远都在我的行囊之内。我拼命抗争才来到这里,来到你的国家。我抵达时你们干的第一件事,就是递给我一封信,上面写,*欢迎来到一个你不受待见的国家。你现在是我们指定的一个不受待见的人,我们将对你为所欲为。*完全罔顾我为了来这而历经的千百次恶战。那段时间是我的灵魂最低谷。我的战斗也是从那时起真正开始的。但我很走运。有人帮我。做无名小卒有许多不同的方式。隐身也分许多不同的种类。其中总有些比另一些要更加平等。我说的这些,用你们英国人的话来讲,是马嘴里吐出的一手消息。

但这是个恶性循环,在采访最初开着咖啡车的奥达时理查说。你让人从一个使他们被消失的系统里消失。

奥达笑了。

用一句现成的话来说,她说。我们在让人夺回对他们自主权的控制。①

怎么做到?他说。

借助一个系统,它由奥德联盟网络的成员组成,遍布全国,从瑟索到特鲁罗②。他们服务——而非抵制——那些被其他人归为隐形人的一类人,她说。循环,没错。但没什么恶性可言。

你所做的这些,在任何现实世界的场景下都是不可能

---

① 夺回控制权(take back control)是脱欧的口号。
② 瑟索(Thurso)和特鲁罗(Truro)分别位于英国的南北两端。

的,理查说。

这是人啊,她说。没有比人更现实的场景了。我的意思是说,如果我们讨论的是现实世界当中的人。

这是紧急救助,他对一个自称奥多的人形剪影说。奥多带着一只从海里上来,身上还湿漉漉的史宾格猎犬来到这里,它一路拖着奈恩海滩上的沙子穿过咖啡车,在采访中把头放在爪子上趴着,身上散发着湿狗的味道。

它并不是永久性的帮助,理查说。它带来的害处和好处肯定是一样多的。

帮助就是帮助,奥多说,他伸手拍拍狗的脑袋。对吧,奥多?(连他的狗都有化名。)

但事实不是这样的,理查说。

等你需要帮助的时候再说吧,奥多(这个男人)说。

跟我们说说,理查说,你帮忙从拘留所过滤出来的一些人,他们现在在哪。

他问的每个匿名的奥达/奥多都耸耸肩,或摇摇头。

这对你们有什么金钱上的好处?他问每个人。

每个奥达/奥多都笑了,就好像他说了个笑话。

你们支持网络运转下去的钱从哪里来?他问每个人。

他们摇晃着自己阴影中的头颅。

一个傍晚,最初那个奥达在镜头之外告诉他,别傻了。拿你的眼睛好好看看。我们是自愿的。每个人都做力所能及的事。每个人都能做些有用的事。我们分享技能。花费不多。需要的也不多。总会有些余裕。我们办法多。总有路可以走。就看看你吧,变卖过去的物件给这部片子筹钱。一边是老的中国碟子和挂毯，另一边是《百千万人》。

理查对她说过，他从储物间里十几年都没动过的箱子中把父母的旧物洗劫一空，找到了不少人们乐于付出真金白银来交换的东西，就这样筹到了拍摄这部片子的资金，还还清了此前违约的另一个项目合同的费用。

但这类办法用完了之后怎么办？他说。这种模式长远不了。

有时候这种办法并不十全十美，她说。有的时候会出很严重的问题。但我们会解决的。一般来说我们会去找别的法子。我们中间有个人最近又抵押了一套房。这让我们手头宽裕了一些。等用完我们再想办法。我们知道我们特别幸运。我们把幸运播撒到四面八方。我们是有组织的。

那警察呢？他说。安保公司呢？

我们又没犯法，她说。给需要帮助的人提供帮助并不违法，至少现在还是这样。即便他们找到法子说我们做的这些不合法，那也没什么关系。我们还是会照旧的。全国各地都有志愿者。我们正在全国范围内努力改变那些不可能的事，把事情一寸一寸地推到可能的位置，相信我吧，有百千万人是愿意帮忙的，借用你的标题。

但实际情况呢？他说。更像是你们35个人的事，而不是百千万人？

嗯，我们还很新，她说。我们才刚起步。但许多人真的看不下去让别人受到那样的对待。许多人想做些事情来弥补。

现在的人很难不被监测到，他说。

但还是有许多人活在监测之外,她说。

现在的人生活不可能不留下记录,他说。

我们正努力让记录生活有不一样的方式,她说。你知道我们正在这么做。你也一样。不然你不会在这儿录我说话。

他摇摇头。

就算是这样,你做的事也是不可能的,他说。一个泡影。他们轻而易举就能击碎。这是给小孩讲的故事。童话故事。

是的,她说。你是对的。我们*确实*是个童话故事。我们是民间传说。我不想显得神神道道。我们的故事都很严肃,都跟改变有关。我们如何被事情改变。如何被迫改变。如何不得不学着改变。而我们正是致力于这样一份工作:去改变。我们是认真的。

她从咖啡车橱柜里拿出一瓶威士忌,又给他倒了一杯,他们所坐的咖啡车地板正笼罩在孟春薄暮的天光之下。

我们开车来这儿的那天,这瓶酒就在你车上吗?他说。

这儿的饮料就这一种,她说。

那天就该把它喝了,他说。

那天真是不得了,她说。人们来到我们这儿,一般都跟你第一次碰见我们很不一样。那个女孩的妈妈。系统把人吞掉之后一般都不会再放人出来。你那天经历的是一次反常。但不可能的事有时还是会发生的,乾坤扭转,门就打开一道最细最细的裂缝。我们救助了一整群那个小孩帮忙逃脱的妇女。天知道她是怎么办到的,机会多渺茫啊?但她们就是机会本身。她们真的是。而你就尽可能地不要错过这些机会。

错过一个机会,就毁了人的一生。

但我不知道那个孩子是怎么把她母亲,还有其他那些女人,从她们那个地方给弄出来的。我不明白。最主要的是我不明白,我们都不明白,她为什么就认准了她那么干是好事,把 SA4A 带到这里来。就像摆明了要献人头。

我以为她们是朋友,是亲戚,他说。我以为你不过是好心让一些人搭你的车,就像你也让我搭车一样。我能不能问——

问吧,她说。

你知不知道后来怎么样?他说。孩子,妈妈,都怎么样了?我见到那个女孩的时候根本不知道事情的原委。我一心只有自己的喜怒哀乐。但那个女孩背负着那么沉重的东西。她自己的际遇是那么的沉重,但即便这样,她还是停下脚步,帮我解决我的问题。

奥达摇摇头。

故事的结局我们不知道,她说。

他把那支假日酒店的笔放在外衣内侧的口袋里。

在他的余生里,这支笔将装进他身上每一件夹克或大衣的内袋。

从现在开始,直到五年之后他终于找到那个女孩,那已经是个年轻女人的弗洛伦丝,他要做的第一件事就是把这支笔从夹克内袋里掏出来给她看。

但首先,还需在更加切近的未来之中穿梭。

就比如这样一份未来。

理查在住处收到了一个信封。是律师办公室寄来的。里面用纸巾包着一本旧书。

信封里有一封信，告诉理查，信中的内容是已故的帕特里夏·希尔在遗嘱中留给他的。

《凯瑟琳·曼斯菲尔德短篇故事集》。康斯塔伯。1948年。蓝色精装本，书脊上的金字已经褪色斑驳。战后时期的纸，属于那个配给制的年代，发黄，薄，触感粗糙。书内的扉页有手写笔迹，是女孩的手写体。帕特里夏·哈迪曼。

几个星期以来，仅仅是把它放在桌上，让他每天在房间里来回走动时能看到它就够了。

有天下午，他随手翻开了这本书靠近开头的部分。他读到一个风趣又辛辣的故事，一群中产阶级的一次晚宴。这些人又脆弱又可笑，心里全是他们的自以为是，他们的自负，还有编给自己听的关于他们自己生活的故事。与此同时，庭院里有一棵盛开的梨树。它站在那儿，开得正浓，烂漫极了，与所有观看它、赞美它、思考它或压根没注意到它的人都无关，无关他们的现实也无关他们的幻想，无关他们的胜败，无关家中那些自认拥有这棵树的人的阅历或天真。

多么好的故事。

就在他合上书，在手上把书翻过来的时候，才第一次看到，书的背后有几页写满了字。

那是帕蒂的笔迹。

他看见以她的声音写出的，自己的名字。

你好啊，杜布迪克。

这是她晚年的笔迹。笔迹从封底内页开始，写满了从封底到正文之间六页半的白纸，一直写到这本书最后一个故事的最后一页，书中的最后一句话是大写字母的"THE END"。

他站起身，给自己倒了一杯。

他坐下来，打开那本书的结尾。

你好啊，杜布迪克。

全爱尔兰都在下雪，伦敦也在下，老天。

你今天去的时候说脚冷。

（别说我从不听你说些什么。）

我拿到第一份工资是1948年，我那会儿刚在伦敦电影公司打杂了一周，他们当时推出了《俊王子查理》，可惜一败涂地。我拿了钱直接去了查令十字街的福伊尔书店。

我用自己的钱买给自己的第一样东西就是这本书。

送你了。

下面是给你的4月做的研究。

当然了，先说凯瑟琳·曼斯菲尔德，她向她的朋友，她忠诚的伙伴艾达·贝克做了保证。她说，我死后，我要向你证明没有来世，艾达说，怎么证明？凯瑟琳说，在我死后，会给你带去一条装在火柴盒里的棺材虫。

她这么说，是因为她料到这会让软心肠的艾达尖叫不止，而且一点没错，她大声尖叫，说你可别给我带软虫子，于是凯瑟琳·曼对她说，好吧，我保证不带软虫子，我给你带一只火柴盒里的耳夹子虫。

就这样。过了几个月，凯瑟琳·曼斯菲尔德死了，人都会死。她的朋友悲痛欲绝。她去了一个什么地方的小屋住下，那是凯瑟琳·曼死后的几周，艾达累瘫了，又难过，又冷，她去点煤气，准备泡一壶茶，拿起火柴盒，里面并没有火柴。

但里面有别的什么东西。

她打开火柴盒。

耳夹子虫。

好，再说里尔克，他有许许多多的来世，都是装在另一只火柴盒里的耳夹子虫。

一个叫诺拉的伯爵夫人在把里尔克晚年的哀歌从德语翻译成英语。在里尔克去世之前的几年（而不是去世之后，哈哈）她曾与里尔克通信，交流过通灵术。所以她想，可以去找一个灵媒，一个很有名的灵媒，这样她就能见到死去的里尔克本人。

灵媒问，有人在吗？灵应牌上的字母于是拼出了RIL，是的，是死者本人从冥界一路走来，告诉诺拉伯爵夫人，他想与她一起合作翻译。

于是，死去的里尔克和伯爵夫人在几次通灵中都见面了，他把自己希望在她的译本中修改哪些字词都告诉了她。

然后他祝贺她，说她的英文译诗非常接近他的原作，并对她说自己很荣幸能与她合作。

好吧。

我自己则更喜欢这样的一种灵异：你我今天刚说起他们住得这么近，凯瑟琳·曼和他，却从未见过面，或者就算见过面或许也不知道。但在你走后，我在网上替你浏览了一下，我发现了一封里尔克写的信，他当时还在瑞士的谢尔，信的日期是1923年1月10日，也就是凯瑟琳·曼在法国的枫丹白露去世的第二天。

他在信中给一个朋友写道，他用德语读了一些D.H.劳伦斯的《虹》，很受触动。他很喜欢这本书，他说，阅读这本书为他的人生开启了一个全新的篇章。

好，我知道凯瑟琳·曼和劳伦斯还有他的妻子弗里达是好朋友，有一天她向他们吐露了自己年轻时候的一些情爱往事。而一些与她自己的人生故事十分贴近的内容——贴近到她自己读到时大发雷霆——毫无疑问是悄悄进入了《虹》的一个人物当中。

那么，猜猜里尔克终究还是遇见了谁？至少以一种虚构的形式。

现在我只剩下一个来世要给你了，我知道，杜布迪克，这最后一个来世会让你有点心烦。有时候我说起卓别林，只是为了看你那么可爱地假装心里没有丝毫的波澜。

但查理·卓别林和里尔克在死后还颇有些奇妙的关系。他和凯瑟琳·曼斯菲尔德也有点关联，她管她的猫叫查理·卓别林，那只猫凑巧产了几窝小猫，让她又惊又喜，至少第一次是这样。（而且我想，查理·卓别林这只猫的第一窝小猫当中，有一只甚至可能就叫——四月。）

20世纪30年代，查理·卓别林在圣莫里茨访问。他认识了一些有钱的新朋友，一位埃及商人和他聪慧美丽，名叫尼梅特的妻子①。有天晚宴，卓别林从桌上拿起一张餐巾纸，把它绑在尼梅特美丽的头颅上，就好像她的牙痛极了。然后他假装牙医拔下了一颗牙，举起来一看，原来是糖碗里取出的一块糖。

现在我能肯定的是，这个尼梅特就是里尔克为她采摘玫瑰的那个埃及美人，那天，玫瑰刺伤了他的手指，造成了堪比童话的现实结果。

我心爱的卓别林。你知道，20世纪50年代，他永久地迁到瑞士，美国那时候把他赶了出来，因为他太布尔什维克了，也因为他在《摩登时代》里告诉了工人机器时代的一些真相。他买了一栋大房子和一些地，现在我们从那里出发，到三十年之前里尔克和曼斯菲尔德住过的地方，大概只用一个小时。他经常走出家门，对着在他新庄园周围的山谷和山脉中训练枪炮的瑞士军队挥舞拳头。

他有一两个鬼魂游荡在世界各地——其中一个特别生财有道，正在帮好莱坞一家酒馆的老板赚钱，他说卓

---

① 全名为尼梅特·埃鲁伊·贝（Nimet Eloui Bey）。

别林仍然定期光顾他酒馆里的一间包厢，一间曾经专门为他预留的包厢。

但在卓别林的许多来世里，我自己最喜欢的则是他死后的遗体历险记。

你还记不记得他的棺材是怎么从坟墓里被人挖出来偷走的？这是四十年之前的事了，那会儿我们还年轻。他是12月去世的，他们在3月份把他偷走。警察对记者说坟墓是空的！棺材不见了！活像《圣经》里面的话。遗体从3月失踪到5月，许许多多骗子不断给卓别林家打电话要钱，还承诺归还遗体，后来警察抓住了两个穷困潦倒的机械师，政治难民。他们把他挖了出来，拍了一张上面全是泥的棺材照片，把棺材装到他们的旧车后面轰隆隆地一路拉着，从他生前最后的居住地沿路开出一英里，最后埋进了一个农夫的玉米地里。

默片明星沉默的遗体。

静得如同坟墓，在一个不是坟墓的坟墓里面，在1978年4月中旬，他的89岁生日，在新绿之下的泥土之下，在空气之下的鸟鸣之下，在春寒料峭的天空之下。

就静候那出乎你意料的来生吧，杜布迪克。生命继续。

今天，我希望你能把那些袜子鞋子都弄干。明天，愿你的双脚永远温热，老朋友。

只属于你的，

你永远的，

你的耳夹子虫，

P.

接着她的笔迹就中止了，围绕着书中印的字，
"THE END"
笔迹的上方，是书中最后一个故事的文字，以这几句话结束：

"天啊！你是个什么样的女人啊，"男人说，"你让我无比地骄傲——骄傲到让我……我亲爱的，骄傲到让我对你说出来！"

帕蒂写了一则注释，用箭头指向最后这几行。

为你骄傲，杜布迪克。闯出一条路来。让它成为你的片子，而不是他的片子。

帕蒂死后的第一个春天，一个晴雨相间的日子里，他在采访间隙走到离战场停车场大约一英里的一个地方，名叫克拉瓦。

克拉瓦有一个四千年前的古墓群，这些墓穴一度有十英尺那么高，上面有屋顶，内里十分幽暗。现在，这些墓穴只是向天空敞开的环状石阵，一圈圈堆积起来、大小各异的石头，周围还有些石头直立着，仿佛在守望这些坟墓。

时节是春天，但很冷。他选了一座阳光最充足的坟墓。

他走下石板铺成的墓道,站在坟墓里,仰望着云彩。

不管这里当时葬的是谁,现在都了无痕迹。这里一无所有,除了成堆的石头,踩踏出的小径,被雏菊和三叶草零星点缀的草地,光秃秃的春树,树干在潮气和苔藓的作用下现出鲜绿的颜色。他头顶上不时响起几声鸟鸣。

理查走出了坟墓。

(这可不是你经常能说的一句话。)

今天没有别的人来参观克拉瓦。很好。很走运。有人提醒过他游客可能很多。

他还了解到几年前,一位来自比利时的游客自作主张地拿了一块这里的石头,从地上捡起来带了回家。过了几个月,因弗内斯旅游局收到一块邮寄的石头,并附了一张他在克拉瓦取走石头那个地方的地图。请把这块石头放回去,他在附上的信中说。我的女儿摔断了一条腿,我的妻子病得不轻,我自己也丢了工作,还摔断了一只胳膊。请向我拿走石头的那个地方的魂灵道个歉。

敬畏。

理查站在草地和黏土中间,身边是一块倾斜的古老巨石。

就是跟你说一声,帕,他说。因为知道你喜欢卓别林。当地人跟我说,就在离这儿不远的路上,他晚年买下过一栋房子,他和他的家人来这度过假。他可能也来过这里,看过这周围。

还有。我在躯体化了①。手上的这个项目让我感到，不错。它让我感觉特别不错。我在一个陌生的地方过了这么久，而我觉得我回家了。我一直在见一些冒着生命危险的人，他们把他们的信心灌注给我。我不是他们的一员，他们知道我不是，我也知道我不是。但我的感觉就好像我是。我感到的是接纳和欢迎。

我正出乎意料地乐在其中。希望你也在。

他的口袋里装着那首诗。他把它掏了出来，在锋利的阳光之下展开。《云》，珀西·比希·雪莱；这是诗的最后一节。

> 我是大地和水的女儿，
> 也是天空的养子，
> 我往来于海洋、陆地的一切孔隙——
> 我变化，但是不死。
> 因为雨后洗净的天宇虽然一丝不挂，
> 而且，一尘不染，
> 风和阳光用它们那凸圆的光线
> 把蓝天的穹庐修建，
> 我却默默地嘲笑我自己虚空的坟冢，
> 钻出雨水的洞穴，
> 象婴儿娩出母体，象鬼魂飞离墓地，

---

① 本书前面提及，理查与帕蒂将歌词中的"夏日时光"（summertime）改写为"躯体化"（somatise），即在身体中内化外在的精神活动。

我腾空,再次把它拆毁。①

那拆毁的,不死的,不知之云②,在横亘天空之际变换着形态。

出乎意料的来生。

在那个他的生命结束,又因之重启的秋日③之后,理查常常回想那些云和山的图像,记得吗,2018年初夏他在伦敦皇家学院看到的那些图像,那些用石板和粉笔作的画。

圣诞节前后的一天,在一份报纸的年度最佳展览回顾里,他读到一篇文章,标题是《致塔西塔的明信片》。

其中讲了一个故事,说的是有天在画廊里,一个两三岁的小女孩向展览中的一幅画直撞了过去,把上面的粉笔画弄花了。

艺术家告诉采访者,她不喜欢在她的作品和看画的人之间设置那些低矮的铁丝护栏,这不仅是因为其实它更有可能让人绊倒。她不希望在人和图像之间有任何阻隔。但有时,人和图像之间也会发生实实在在的碰撞。如果图像受到了损坏,艺术家说,那只要撞到它们或者弄花它们的东西不是湿的,画面就能够修复。不过*要是有人在纽约甩雨伞的话*——好吧。那些雨滴现在是它们所击中那张画面的一部分了,画面在,它们就在。

---

① 雪莱,《云》,江枫译。
②《不知之云》,14世纪基督教神秘主义著作。
③《秋日》也是里尔克的一首诗,关于存在与死亡。

想到孩子撞向画面的场景，理查笑出了声。他希望她是朝着那座山去的。

然后他想起那天在画廊里看山的时候，在他身边站了半分钟的年轻女人。

天啊。

天哪。

他的女儿现在应该和那个女人差不多年纪。

他最后一次见到女儿的时候，她还是个女孩，那是1987年的2月，那天女儿坐在他的膝上，他给她读了一本她的书。碧雅翠丝·波特。好兔子的胡萝卜被坏兔子偷走了。但猎人追赶坏兔子，一直追到它身上什么东西都不见了，只留长椅上的一条兔子尾巴。

她看着画面里长椅上那条毛茸茸的白尾巴，笑个不停。

他把周日的报纸放到回收桶。他回来，坐到桌前。打开笔记本电脑。

他在搜索引擎上输入女儿的名字。他每打一个字母，都花去不少时间。他慢慢地，缓慢地，输入每一个字母。

他从来没有这样做过。

他从来不敢。

他一直跟自己说她不会想让他这么干。

她的名字有点不太常见，与他母亲的名字拼写相同，都是"s"而非"z"的伊丽莎白。如果她保留了母姓或是没有嫁人，那就是一个很不常见的姓——

一张女人的照片直接跳了出来，那就是她。

肯定是她。

绝对是她。

有好几张照片。在一张照片里她像她的母亲，在另一张照片里又像他自己的母亲。

她在伦敦的一所大学工作。有一个电子邮箱地址。

我敢吗？

我不敢。

她不会，也不可能愿意让我这么做。

他走出了屋子。

他在公寓里走了一大圈。

他回到屋子里。

这么多年，我一直把她想作是死了，对我来说死了，对我的世界来说死了——那天晚上，深夜里，他在床上十二分清醒，一边在脑海中说着这些，一边盯着他虽然年复一年地住在这儿，却从未留意过的，旧天花板上的玫瑰。

他想象中的女儿笑了。

你是什么样的人？她在他的脑海里说。

你是什么样的人？他在脑海中对他真正的女儿说。

寂静。

好吧但是电影制片人的事和他故事里的 zzzzzzzz **（借用鲁塞尔的话）说太多了**——回到半年前的 10 月，布丽特与弗洛伦丝和两个完全不认识的人在面包车上，沿着一条鬼知道在哪的小路一路向北开，至少布丽特觉得是向北。她像电视上的侦探，或电视剧里被绑架的人一样，留意着写有地名的路标，以备这些信息以后用得上。

　　这个女人是世界上最差劲的司机。

　　这辆面包车的前座有两条安全带，目前坐了四个人，开车的人似乎并不在意让这么多人挤在一辆装着花哨的假外国内饰、让人笑掉大牙的车的前座有多么不安全，好像这样就能抵消没载货物的危险似的。

　　布丽特把她的安全带让给了弗洛伦丝，弗洛伦丝被挤得直压在车门上，但至少是系着安全带的。如果他们撞车，飞出挡风玻璃的就会是布丽特和那个男人。

　　男人的名字叫理查。

苏格兰女人名字叫奥达,奥乐齐超市那个奥①。她和布丽特在火车站来了一场自由搏击。

——让 SA4A 上我的车?我不同意。

——她去哪我去哪。

——(对着弗洛伦丝)你把一个 SA4A 的混蛋带到这里来干什么?你在搞什么?这可不是闹着玩的。

——你再敢威胁她。你再敢说我是混蛋。

——她不是 SA4A。她是布列塔妮,我的朋友。(弗洛伦丝)

——上面写了 SA4A。看。就在她外套上。

——没关系的。我相信她。(弗洛伦丝)

弗洛伦丝相信她。但 2018 年度世界最差司机的获奖者在驾驶座上转来转去,一边看风景,一边用手指着风景,这让她的车开得更吓人了。她正喋喋不休地给她的电影制片人朋友导览这个地区的历史,她显然是个这方面的专家。

布丽特并不是不想插话。

她也不傻。她了解一些历史,对电影也很熟悉。

她对逝者有了解,也认识,其中包括她自己的父亲。

她提了一些昨天查到的跟卡珊德拉有关的东西,卡珊德拉是传说中的未来占卜师,因为众神的诅咒,她的预言永远不会对听到的人产生任何影响,尽管那预言都是真的。

她并不是头脑空空。

---

① 奥达(Alda)拼写类似奥乐齐超市(Aldi),奥乐齐超市是英国街头常见的平价超市。

从边上插句话?

没人肯让。

你是导演?

他们终于短暂地停止了交谈,于是她对那人说。

那人告诉她,他年轻时候在电视台工作,制作那种很多人都不怎么赞同的电视节目。他说他现在正在拍一部跟几百年前的诗人有关的电影,故事发生在瑞士,是一部历史剧。他说她们可能太年轻了,没在电视上看过他拍的东西,但如果她们看过,也可能都完全忘了。没关系,他说,如果看过,那么片子就会留在她们心里,因为哪怕我们意识不到,我们看到的一切都会进入记忆,并且留在那儿。

这话太对了,布丽特说。我看到过最难忘的影片镜头就是在电视里。甚至到了现在,如果有时候晚上想起这些镜头,我都会睡不着。我整晚都睡不着。都不是什么特别恐怖、特别具象的画面。我真的在电视和电影里见到过多得多的,画面感强得多的东西。在生活里也一样。我的工作让我每天都会见到许多事情,那种让你坚信会给你留下一辈子阴影的事。就算你没在现实生活中看到过这些事,只是在电影里看到了,也一样。

但这些都没有,没像这部片子一样。我忘不了它。可能你知道这部片子,讲的是法庭上的一个男人,我的意思是,是个真实故事,真实发生的事,不仅仅是一个剧。

一个法官呵斥他,嘲弄他,这个朝他大喊大叫、位高权重的纳粹法官站在法庭的前面,法庭里也有一些观众。法官的呵斥让他尊严扫地。事情是这样的,这个人是一名士兵,他的军装被扒掉了，然后明显是有人给他一条对他来说大得出奇的裤子，他也没有腰带扎住裤子，所以就得一直拿手提着，不然就会掉。这就是说，每当他要用到手臂和手的时候，比如敬礼、拿书，就会很尴尬，但他们一直在叫他做这类事情。

这本来是个好笑的故事。你本应笑他才对。但法官说他是个叛徒，大喊大叫地说他不老实，又取笑他，而这个人结结巴巴地为自己申辩，就好像他觉得解释有用。就好像他是一个白痴。他根本不知道。他只是一直说，说可是这些不是我们应该做的，我们做的只不过是站着射杀别人，让他们跌进我们让他们挖的这些坑，这不是战斗，这不对，这是错的，诸如此类。

法官又取笑了他几句，然后对他宣判了死刑，想必他们当时就把他带了出去，在院子里对着他的头开枪了。

但这个片子激怒了我，现在每当想起还是让我气愤，原因是他们把这个故事拍成电影这件事本身。因为到了最后，一切都是为了镜头。所有这一切。它跟正义或者正义的缺席没关系。好吧，某种意义上说也有关。它关于的是谁左右正义，谁有权说正义是什么。但真的。真的，这部片子是给那些观看它的人准备的。就好像他们——法院里的观众和世界各地看到这部电影的人——都应该又觉得好笑，又被它吓到。他们不该去思考哦这多不公平啊，你看他们在怎么利用、怎么对待那个人啊，这些是我们现在能看到的。好吧，观众也得思考，但只是因为这样的事也可能发生在*他们*身上。但总的来说，他们需要笑话他，从中学习该怎么做，学习有什么是*不能做的*,并从中了解一旦他们做了不该做的事情之后会怎么样。

我看这部片子的时候和她差不多大。我一连几天都没睡着觉。你知道那部电影吗?你看过吗?

但她旁边的电影制片人只是笑了笑。

他开始说些尽力而为、好心态之类的话。

我觉得他对任何事情都不大可能保持什么良好的心态,因为纳粹明显要打爆他的头了。布丽特说。

电影制片人说,电视上不该播这么多纳粹的东西,接着又说不该在广播里放老歌。然后他说起了马。

还是谢了。谢谢你老套的感想,布丽特说。

乐意效劳,他说。

布丽特看了他一眼,那眼神就好像他是个长观室里的拘子。

他问被狠狠挤在面包车边上的弗洛伦丝还好吗。

我正在尽力而为地应对我的处境,而且还得尽可能地保持好心态,她说。

大家都笑了。

你还觉得自己挺逗,布丽特说。

我*就是*逗,女孩说。

是脑子秀逗,布丽特说。

她推推弗洛伦丝。她向电影制片人点点头。

她说了脑子秀逗那句话之后几秒钟，就开始为说了这句话而难过。

她对自己所做的一切都产生了极大的怀疑，怀疑它是对还是错，以至于她开始疑心自己是不是疯了。

然后，开车的女人决定用歌声把他们*都*逼疯，一首某一种语言的歌。

她首先给他们讲了她要唱的那支歌背后的故事，湖边有一座空房子，一些人曾经住在那里，又在地主放火烧了房子之后被迫离开，他们的鬼魂坐在雪地上，坐在一度是他们的壁炉和床的位置，他们透过曾经的屋顶，仰望着没有星星也没有月亮的天空。

然后，其实他们根本就不是什么鬼魂。他们是真正的人坐在雪地上，他们现在在大洋彼岸的加拿大，不禁想起他们坐在那曾是他们的房子里，坐在积雪中的那段时间。

然后她用外语唱起了这个故事。

乔什会管这个叫*超现实叙事法*。鲁塞尔会管这叫瞎扯淡。女人唱着歌，那种奇怪的唱法就好像有个人一边爱抚你，一边责怪你，她向弗洛伦丝瞟了一眼。她冲弗洛伦丝做了个跟歌有关的鬼脸,就好像在说*好怪*。

然后她也为做了鬼脸而难受。

电影制片人睡着了,重重地倚在布丽特身上。那个女人唱起了另一首听上去很悲伤的歌。她对他们说——就好像她是在对某个地方的听众说话,而不仅仅是对她的乘客们,其中一个还睡着了,无论如何也听不见——下一首歌讲的是一个人去山上徒步,然后被自己的脚步声跟踪了,但这声音比他自己的靴子在雪中的足印更响,更大。他环顾四周,发现自己正被一个灰色的巨人跟着,这个名叫"灰人"的巨人在雪中只穿着衬衫,山顶的云层一变换,他就消失不见了。

像幽灵一样,弗洛伦丝说。

他自己的影子,布丽特说。

这个女人唱到一半停下来,告诉他们,去那边那些山脉徒步或者登山的人,经常会听到身后传来别人的脚步声——

哦,

好吧,

——这就是为什么有了这首歌。她对他们说,当地传说这是一个人的鬼魂,一个叫史密斯家的威廉的人,他是当地的诗人、哲学家和偷猎者,但这首歌还暗示我们,这是世界各地一切受了冤屈的人的脚步声,在她马上要唱的最后一节中,这首歌说,无论我们走到哪里,这些脚步声都将跟随我们,但只有在山里,或在乡下,在远离城市的喧嚣和我们自己的聒噪时,我们才听得见,听见我们自己脚步声背后的那个东西究竟有多大。

那么,布丽特想,用一种神秘的语言唱这首歌也不错,不用让人担心英语里还有这种自命清高的鬼扯玩意，也压根用不着去琢磨了。

女人又唱了一遍这首歌，就好像他们困在了一家可怕的怀旧酒馆里面。

史密斯家的威廉，弗洛伦丝说。从现在开始，我自愿被称作史密斯家的弗洛伦丝。诗人、哲学家和偷猎者。偷猎者是什么？

就是水煮荷包蛋的人①，布丽特说。

对不是他的鹿和鱼施咒，一个眼神就把它们直接勾到手的人，那个女人说。

布丽特笑了。

史密斯家的弗洛伦丝。你说的。这就是你了。她就是史密斯家的弗洛伦丝，布丽特说。

她现在受够了给电影制片人当扶手，他身上的老人味太重了。她把她的胳膊和肩膀使劲往他身上挤，就好像面包车拐了个弯。

这把他叫醒了。

他往那边挪了一下。

有效果。

但随后，他和那个开车的女人又开始只和对方说起话来，就好像他俩真的对对方有意思什么的。你还觉得他们都超过谈恋爱的年纪了，他看起来很老了——这么说的话"灰人"也很应景。她少说也有50岁了，这个岁数还这样，真

---

① 偷猎（poach）这一动词兼有水煮蛋的含义。

丢人，惹人恶心，就好像布丽特和弗洛伦丝不在车里一样——

她：我想我知道一个特别好的地方能让你和你的朋友说再见之类的一个非常古老的地方有立石古老的墓地特别美

他：听起来像是很合适

她：不过自从他们开始拍《古战场传奇》①之后这里人就渐渐多了

他：《古战场传奇》是什么

她：一个关于时间旅行的电视剧哇你不知道《古战场传奇》所有人都知道《古战场传奇》你不会吧是跟克拉瓦有关的现在车来车往的有时候都很难回家他们还会把车直接停在你家门口现在许多人都去那搞通灵活动好让在《古战场传奇》里死了的人复活

他：跟死了的虚构角色对话的通灵活动

她：就是说啊

（大笑）

他：这有用吗虚构角色会从角色天堂里给他们发消息吗

她：不知道

他：她会喜欢的她要活着肯定会喜欢的这整件事都能把她逗笑会让她说一些关于人性的很有哲理的话然后她可能会去把她自己想提问的人物都罗列出来然后也会去那里做这种事之类的真的很神奇和死去的虚构人物对话的通灵活动

---

① 《古战场传奇》（*Outlander*）是一部基于二战后历史情境的时间旅行剧，其中有一部分穿越回到18世纪詹姆斯党叛乱时期，围绕卡洛登战役和古战场展开。

她：只在高地才有呢我们这儿欢迎每一个人十万个欢迎这是我们的座右铭甚至对幽灵也不例外没错想象出来的人物的幽灵也欢迎

他：你们真是个能屈能伸的民族

她：可不

（大笑）

他：这些歌都那么美那么幽深我猜这是你的母语

她：不我是夜校学的我想学一种我的家人在两个世纪以前说过后来又不许他们说的语言不是说这种语言已经死了什么的它鲜活得很当时在学校没选有一部分原因是太费劲了听起来很难之类的上了五年的课现在我能用它唱歌了这就是个开始

——至少谢天谢地，那让人毛骨悚然的歌声已经停了，那种语言跟布丽特这辈子听过的所有语言都不一样（即便在有各种语言的春天区也没听过①，而且如果你不会说一种语言，又没有控制权，或者地位不如说这种语言的人，那么感觉会很可怕，这个人可能随便说些什么，而你却他妈什么都听不懂，无权让他们闭嘴，也无权对他们置之不理）。

至少，关于你自己的脚步声走到哪都会跟着你，还比你大得多的那些歌已经唱完了。

在这个国家出生的小孩一边长大一边听的都是这样的东西，一定都吓坏了。

---

① 如前文介绍，"春天"同"树林""花环""田野"等都是SA4A管辖的一个移民拘留区。

要是没吓坏，那么一旦有不可思议的事情发生在他们头上，他们也肯定能处之泰然。

至少现在布丽特自己也不再难过了。

让她惊讶的是，她在不经意之间对他人是多么的不友善，她对他人的不友善在此刻又多么让她难过。

但在这辆面包车上，她是弗洛伦丝唯一真正的后盾。幸亏有布丽特在这。除了布丽特，甚至没人注意。女人唱歌的时候，弗洛伦丝整个人就像*一只卷曲的弹簧*，托奇就是这么用他那副同性恋兮兮的样子描述人紧张时候的状态的。现在，他们正讨论某种过去的音乐机器，没人注意到弗洛伦丝正变得越来越焦虑。

但即便这样，当那个人讲起发明机器的人的故事时，弗洛伦丝还是说了她的好话。她说，

布列塔妮也是个发明家，她在做东西方面有些特别好的点子。

他们没有在听她说话，没有听到她的话。但是布丽特听见了。

昨晚在假日酒店，她们各自回房间之前，布丽特给了弗洛伦丝几块她从走廊上的机器里为她俩拿的巧克力，又确保了一下弗洛伦丝在分给她的那间屋子里没什么问题。

你需要些什么吗？要我给你讲个睡前故事吗？她说。

她有一半是认真的。你安顿孩子睡觉的时候，不就应该这么做吗？

布列塔妮，你得搞点接近青春期的活动了，弗洛伦丝说。

那你就损失大了，布丽特说。

损失什么？怎么损失呢？弗洛伦丝说。

你损失了一个我要给你讲的睡前故事。现在，永远，你都不会知道我本来要讲给你听的那个故事了，布丽特说。

其实我倒可以给你讲个故事，弗洛伦丝说。不，与其说是故事，不如说是问题。

我听着呢，弗洛伦丝说。

时髦难民风是什么？弗洛伦丝说。

我不知道，布丽特说。这是脑筋急转弯吗？

不是，弗洛伦丝说。我真的想知道它是什么。

是个乐队吗？布丽特说。

是我坐公交车的时候在地上看到的，弗洛伦丝说。这些字写在一本杂志的封面上，那种周末夹在报纸里面的杂志。画面上一些人穿着衣服，上面写着时髦难民风几个字。我在思考这件事，是因为我已经在担心明天早起没有干净的换洗内衣来穿，我就想知道，如果你永远不知道接下来你会怎样，或者，如果你没办法把自己弄得干干净净，没办法知道第二天你能不能找到一个干净的地方休息，而这些每一天都要重来一遍，那是什么感觉？

你是想用这些激愤的左派言论来劝服我？

弗洛伦丝的眼睛耸了耸。

还是你想操纵我，让我给你洗几件衣服？布丽特说。因为你12岁了。过了听睡前故事的年纪了，可以自己洗衣服了。现在就去洗，然后把衣服挂到搭着毛巾的暖气片上面。明天就能干了。

我就是问问。是什么呢？弗洛伦丝又说了一遍。时髦难民风是什么？

布丽特转身背对女孩，靠在电视桌上，用手捂住自己的脸，好像有什么东西是她不想看到的。

我他妈真不知道我在这里干什么，她说。

你是我的私人保镖，弗洛伦丝说。你保护我 SA4A。有你在就 SA4A，为你而 SA4A，一起 SA4A。

这些是 SA4A 的广告口号。这些口号遍布中心各处的海报，告诉所有读到这些海报的人，SA4A 的政策是不分性别、种族或宗教，平等对待所有人。

你这是在拿我出气，布丽特说，手仍然捂着眼睛。岂有此理。你岂敢取笑我。

我没有，弗洛伦丝说。我不会的。我说的只是我们的一种语言。

你要什么私人保镖啊？布丽特说。你什么都挺好。你所向披靡。你做你的事，一切都他妈的像花一样为你打开。你不需要我。

我需要，弗洛伦丝说。你不明白吗？没有比这更明显的了。

不，布丽特说。我不明白。行吗？

布列塔妮，我们在把机器变成人，弗洛伦丝说。你得找点让机器有人味的事儿干干。

把机器变成人？布丽特说。

对，弗洛伦丝说。没有你，我做不到。没人能做到。

布丽特的手依然捂着眼睛。

解释一下，她从双手后面说。

好吧，是这样，弗洛伦丝说。机器能运转完全是因为，一方面，人使它运转，另一方面，人让它运转。对不对？同意吗？

嗯哼，布丽特说。

所以我想，我应该试试直接雇一个机器。让它转而为我工作，弗洛伦丝。它说行。你说行。

哦，布丽特说着，仍然只看到自己两手的内侧。让我做这么一份对我来说一毛钱前景也没有的工作，你打算拿什么付给我呢？

我的尊重，弗洛伦丝说。你的责任。我们欠社会的债。

你还觉得你口才挺好，布丽特说。

我口才是不错，弗洛伦丝说。我会写书的。有一天你会读到我写你的书。

这是许诺还是威胁？布丽特说。

弗洛伦丝笑了。

你觉得呢，机器，她说。

布丽特终于转过身来，把手从脸上拿开，直视弗洛伦丝。

因为我*真*不明白的是，她说。为什么选我？为什么偏偏是我，不是从我那辆火车上下来的其他人？那趟车上有的是SA4A 员工。我们有很多人换班，而且今天早上他们也都经过你了。那为什么是*我*？*我*有什么特别的？你觉得有什么是让你看*我*一眼就知道，让你想到，就她，那个人，而不是那个人，或者那个人？

布列塔妮，弗洛伦丝说。

什么？布丽特说。

别臭，弗洛伦丝说。

什么？她说。

别那么臭美①，弗洛伦丝说。

布丽特叹气。

幸运的是，我们明天就要去那儿了，她说。

---

① gelf 是弗洛伦丝对 get over yourself 的缩略，本意是"别总想着自己"，与本书中多处提示的不要以自己为中心对一切做解读的告诫相呼应，也与明信片上的高尔夫（golf）发音相近。

哪儿？弗洛伦丝说。

你在明信片上给我看的那个地方，高尔夫臭场，布丽特说。

你还问我为什么选了你，弗洛伦丝说。

她向空中张开双臂，就像儿童电视节目里的喜剧主持人。

后来，回到自己的房间，布丽特躺在床上，不停地快速切换频道，一个节目是关于一群比特犬的，它们或者面临被杀，或者会被解救出来，虽然依照法律是该毁灭它们的。另一个是一集《学徒》，报名参加的傻帽们正在制作甜甜圈，那些甜甜圈的口味是没人愿意花钱去吃的，他们把甜甜圈做出来，只是为了能在这一集的后半段充满仪式感地遭受一些羞辱。

她好奇早上起来，会不会发现弗洛伦丝的房间是空的，弗洛伦丝走了。

她知道她不会的。

她知道弗洛伦丝会在那儿，好好的。

酒店旁边的动物园里，有只动物正在发出一种声音，一种咴声——借用一个只在历史和歌曲中使用，而现实生活中没有人再使用的字——绝不是一个她曾主动用过的字。但它形容这种声音很贴切。它，这个声音，听起来就是低沉的咴声。

她想到了只隔一石之遥的，所有不同种类的动物。

全他妈能的上帝。又过一小会儿，她就在想，做一头他妈的野牛，或者企鹅，或者其他什么东西，到底究竟是一种什么样的感觉。

给自己讲个睡前故事吧,她想。

从前,有一个被拘留者监护长官注意到了一些事情。但是什么事呢?它既神秘莫测,同时又显而易见。这些事能让她丢了工作。但也有可能让她有一份更好的工作。可能带来工作上的大转折。但也可能比工作还要大。带来的可能是人生的大转折。

而不管怎么说,她不能不做这件事,本来就不能不做。

她那时没有选择。

她现在知道,那个关于妓院的传说很有可能就是真的。在同一条走廊上,另一个房间里的那个女孩绝对能轻而易举地走进妓院,把他们烦得要死,让他们心有所感,做出从来没做过的事,让他们停下手上的一切,打开紧锁的门窗,在女孩们从里面跑出来的同时看向别的地方。

她能想象他们目瞪口呆的表情。她能感受到他们的那种震怒:一旦典型的弗洛伦丝脑震效应消退下去,消退到足以让他们想起自己是谁,又有多少现金刚刚走出大门的时候。

但那个孩子是怎么既做到这些,又没有被强奸、被杀害,也没有一大群私人保镖的保护。这是布丽特想不通的事。

也有可能,管理那个地方的那些人会被这件事改变,被她改变——洗心革面,重新做人。而不是仅仅在一个小时里隐约看见一个新世界,然后又重新打回原形。

布丽特想象他们沐浴更衣,清理肮脏的房间,扔掉肮脏的床单,温柔地对待留在那里的女孩和妇女,向她们道歉,把她们赚到的钱分给她们，然后让她们干干净净地离开，带着那些女孩和妇女最初来到这里时以为即将拥有的一些自由，走向世界。

她关掉了电视。

她钻进了旅馆的床褥。

在黑暗中，在动物的咴声中，她思考着。这咴声并不惹人心烦，也并不多么愁闷不安，只是一个她从未听过的声音，一个对她来说全新的声音，一只动物发出的一种声音，想让人和动物知道它被困在动物园里面，又想知道附近有没有一个别的地方，有别的东西说它的语言。它想聊聊被困在动物园的事。它想说，除了这里的生活，我还有其他生活的可能性吗？

这个女孩就像传说故事当中的人物，一个存在，这种故事一方面并不真正地关乎现实生活，但另一方面，又是你真正理解现实生活的唯一途径。

她让人们表现得像他们应该表现的样子，表现得好像他们生活在一个不同的，更好的世界。

别那么臭美。

布丽特在黑暗中笑了。

时髦难民风是什么。

她，怎么形容她来着？

借用一个只在历史和歌曲中使用，而现实生活中没有人再使用的字。

她是善。

但故事到了这里，女孩马上要耍些手段了。

所以不是善，从来也不是。

或者说就算是，这善跟布丽特也没什么关系，从来跟她也没什么真正的关系。

所以，去他妈的。

他们向乐购超市走去。他们把车停在停车场，女人熄火，他们都下车，向电影制片人道别，在走进超市的一路上，女人一直在说*她母亲的汤*，列出她们要用的东西，韭葱、芹菜、胡萝卜、一个大土豆、一头大蒜、几枝百里香。

她已经把我母亲的汤这几个字说了好几遍。这可能是跟弗洛伦丝的母亲有关的密语，但也可能就是跟这个女人的母亲做汤有关的一些无聊的信息。

这家乐购和英格兰的那些乐购一样。它是那种大的乐购超市，甚至还有自己的邮局。超市前面有一排明信片架子，上面放着些她们所在地方的照片。布丽特停下脚步，从架子上挑了一张，画面中真实的湖泊里有一只卡通尼斯湖水怪。她有那么一会儿想寄张明信片。但要寄给谁呢？她的母亲？斯泰尔？托奇？乔什？

就好像她在度假似的。

她想着想着，惯常的生活就进入了她的脑海，就好像一个活着的死东西占据了她。她肩上的脑袋沉沉地悬垂在蔬菜货架边上的弗洛伦丝头顶上方，转身又悬垂在一袋袋的沙拉上，她感到她的肩膀对她来说那么大，那么死沉沉的，就好像老电影里，科学家用死人的碎肉做成的人的肩膀。

随时，那个女人和弗洛伦丝将随时甩开她，尽管布丽特对此还一无所知。

她们将双双去女厕所，然后突然就出现很多女人在她们身后排起长队，这样就挡住了布丽特，她只能在外面等着。

她们进去，不再出来。等她进去看的时候，任何一个隔间里都找不到她们的踪影。

她将在超市的过道上跑来跑去。她将跑到外面的停车场。

她，那个女孩，将走掉，并没有拿上她的书包。

她将感到心急如焚，她要把书包交给那个女孩。

然后她将耻笑自己。因为她被耍了。因为这从来都和她无关。因为她从来不是故事里真正的一分子。

她只是其中的一个临时演员。

她是被雇来的帮手。

她将和制片人一起站在停车场里，茫然失措地站在面包车一度停泊的空档里。事实上，布丽特将前所未有地感受到失措这个词，前所未有，除了在和那个女孩一样大的年纪上，她的父亲去世的时候。世界倾斜了。她将茫然失措地站着，就好像失落本身是船舷上的一排栏杆，那失落的东西远在深海之中，而船则困在海的表面。

电影制片人会说，叫一辆出租车。

等一下，她会说。

我他妈要不要，她会想。

她要给 SA4A 全国 24 小时热线打电话。

那个战场叫什么来着？等待他们接听的时候她会说。

那是布丽特在秋天的时候了。

现在是春天。从这扇窗户（可以打开的那种），可以看到被拘留者监护长官布列塔妮·霍尔在移民遣返中心春天区之中的春日情景，让我们选取一个3月下旬的日子，一个典型的周二下午。

她正和鲁塞尔一起值班。

他看着绝食的库尔德人门外有人留的一只空碗，狂笑不止。他假装那是布丽特吃了东西之后把碗留在外面，好去捉弄那个库尔德拘子。

她觉得这不好笑。

如果你没吃，那是谁吃的？鲁塞尔对布丽特说。你吃了，你个贪嘴的臭娘们。

布丽特什么也没说，以免把鲁塞尔惹恼了。鲁塞尔是个混蛋。但他是她在这儿的朋友，对不对？而你在这儿是需要朋友的。

没有晋升。

什么都没有，管理层什么都没做，尽管斯泰尔回来会告诉她，她从办公室听说SA4A高层当时特别感激她打的那个电话,尤其是因为他们无法在女孩的脸上应用面部识别技术,部分原因是角度、年龄和种族问题——斯黛总因为面部识别对黑人不怎么起作用而恼火,这就会导致抓错人,有时候甚至性别都会搞错——还有部分原因是,不知怎么搞的,系统就是不灵了。

斯黛还告诉她,多亏了她——管理层也知道就是她的功劳——SA4A和内政部已经能够*确定头目*,并正着手关停一个*挖空心思利用国家南北两端铁路系统的 地下铁路集团*。这是一群愤世嫉俗的激进分子组成的活动网络,他们为了非法利益,帮助而且教唆非法移民,而她在这方面的协助肯定会记录在案,在他们未来的晋升决策中留作参考。

那个女人呢?传说被驱逐出境了。

但还有传言说她被抓了,关了两个月,因为媒体的关注被无限期释放了(她现在可有故事讲了),一旦关注度下降,就能再次逮捕她。

那个女孩呢?从法律上说不能抓,不能驱逐,什么都不能做,直到她年满18岁,依法成为公民——或者成为不了公民,取决于她有没有相关的法律文件。

在这些消息里,布丽特都并非当事人。

回到10月,在翼楼的各处,都有工作人员小范围地聚集在布丽特周围,聚集在她的女厕所,总共三次,他们想听她说事情的经过。

她告诉他们,她坐着出租车去了战场,及时看到SA4A面包车到达停车场。

她没有说她如何看着穿制服的人在风景中四散，然后自己向反方向跑去，穿过小路和草地，穿过正在度假的游客，正在游览的行人，直到她停下来，弯着腰，守着一块写着"自然保护在行动"的牌子，恶心得厉害。

她说的和下面这些话差不多：

我觉得简直就是催眠。不仅仅是我，还有几个火车上的警卫，和假日酒店里的一个女人。我看到它对其他人起作用，没意识到它对我也一样。就像达伦·布朗能让人在电视上做一些他们不知道自己在做，也不知道为什么要做的事。我几乎认不出我自己了。我估计她把面部识别系统也催眠了。如果你能催眠人，我打赌她也能催眠电器。我是说，许多电器设计出来就是为了让它们听我们的。所以，我的意思是，如果它们*真的*听人的话呢？

再切入许多诸如自由精英主义的烤面包机、圣母心的吹风机、政治正确的洗衣机之类的笑话。

到了她回来上班的第三天，人们都已经听过这个故事，不再好奇了。到了第四天，连拘子都不再问起了。

一个冬夜，她听了那个叫尤名的人的歌，那首《自我》，那个女孩对她说自己最喜欢的歌。

里面的一些歌词粗俗到让她吃惊。有很多脏话。一个12岁的女孩真的不应该听这样的音乐。家教问题。

听完之后,再听尼娜·西蒙的歌,唱着事情会变得容易起来,听上去就——这么说吧,布丽特脑子里有两个画面,一个画面里是一只迪士尼猫,就像老电影《富贵猫》里的猫那种,另一个画面是一只真的猫,就是布丽特自己12岁的时候,公园那一边的几个男孩用强力胶粘在树上的一只猫。

有一句无名的歌词也在布丽特的脑海里挥之不去——说一个女人的下体在写一篇殖民主义论文那句。

布丽特在网络词典上查了一下殖民主义,好让自己能确切地重温这个词。

> 一种统治的做法,涉及一个民族对另一个民族的征服。

是个有意思的画面,一个女人的下体在大学里面写论文。也许这表明大学里都是傻逼,嚯嚯嚯。

但那个女孩很聪明,几乎聪明得吓人。她应该是学校同年级的学生里最聪明的一个。布丽特还留着那本"热空气",其实她衣柜的一堆套头衫下面还放着那个书包。里面还有一个铅笔盒,装满了不同颜色的彩笔。有些晚上,布列塔妮不在网上闲逛的时候,就会从本子中读一些东西给自己听,那一页页好笑的关于*现实主义*的文字,人们真正说过、真正发在推特上的脏话。她发现,从女孩对页面的编排来看,有些篇章写下来就是为了互相对话,右翼的东西被比它更大的声音回应着,可能是地球的话,或者时间,又或者她最喜欢的季节；没有脸的人的故事回应的是人们如何自以为利用技术，却被技术所利用；回应人们在推特上发送给别人的脏话的，是那个女孩的故事，她拒绝了想让她跳舞跳到死的那些人。

布丽特经常拿出本子，只为阅读那个村民的故事。

但每当她看到这本"热空气"，她都无一例外地感到很难过。

一个原因是在封面上，在"我的女儿向上升起"这几个字下面，一个不一样的、更老的笔迹写下了这些话：

> 在你的一生中，大家都会忙着跟你说，你说的全都是些空话。这是因为人总喜欢打击别人。但我想让你把想法和观点都写在这个本子里，因为这样一来，这个本子和你写的东西会帮助你的脚离开地面，甚至让你像鸟一样飞，因为热空气会升腾，带着我们，帮助我们，上升到空中。

这一段手写的字让布丽特心烦意乱。

她的母亲从没送过她这样的本子，也没给她做过这样一个本子。

有时她想，她可以努努力找到学校。她可以把书包里的本子还给学校，他们也许会有转奇的地址。

那个女孩说她有一个弟弟。

布丽特也想知道他在哪儿。也许她能找到他，把本子给他，让他带给他的姐姐。

Vivunt spe.

或者她也可以直接把本子烧了,把书包扔掉。

她还不知道自己最终会做的是哪一件事。

在她从那列火车上给他发短信的一周之后,乔什给她回了消息。

> 意思是活在希望中或者他们活在希望中。诸如此类的。不常见变位。你肯定用谷歌搜过了。希望你还好布丽特 jx。

他就这么把她的名字放到消息的最后,让她觉得他对她摆出了高人一等的架势。

直到 3 月,她都不会再见到乔什。

从苏格兰回来后,她在第一次与托奇一起值班的时候告诉他,她去了他的国家。

我听说了,他说。所有的最新消息我全知道。你到底去哪了,布列塔妮亚?

她在手机上弄出来一张地图。

这儿。然后这儿。然后是这儿。

他指着地图上一个离她去过的地方很近的地方,然后说了一些她听不懂的话,因为他说的是他们那里那种听起来要融化的语言。

Fàsaidh leanabh is labhraidh e faclan a theanga fhèin, faclan a dh'fhoghlamaicheas na h-uibhir den t-saoghal dha nach eil nam faclan ann. Ach, dhan leanabh's gach fear is tè a dham bheil a dhàimh, tha brìgh sna faclan sin agus is eòl dhaibh am brìgh. Èist rium, bi an leanabh sin is greim aca, bhon fhìor-thoiseach. Air gach sian, dorch is soilleir, trom is eutrom, a thig an rathad.

不知为什么,光是听见这些就让她生气了。这让她几乎气得要哭。这感觉就像她在学校的时候被人欺负,不得不假装自己不聪明。然后,在发出那些听上去不可理喻的声音时,托奇还在对着她笑,就好像他真的喜欢她一样,这让她更难受了。

她的喉咙疼了起来,就像你努力忍着不哭的时候那样。是这种语言把喉咙弄疼的。

粗略地翻译一下我说的话,他说,是这样的,虽然翻译当中也失去了很多美感。

在一个孩子长大的过程中会说一些词,而世界上其他地方的人告诉他,它们并不是词。但是这个孩子,还有这个孩子所珍重的每一个人,都知道这些字词有它们的含义,也知道它们的含义。听着,那个孩子生来就有所准备,为了迎接黑暗与光明,沉重与轻盈,以及生命将带给那个孩子的一切。

行吧,布丽特说。你说什么就是什么。

它被叫作"活着的语言",托奇说。Smior na canain①。它是一首诗。写在我心上的诗,布列塔尼亚,像加莱海峡和

---

① 语言的精髓。

苏格兰女王玛丽①。

我他妈的十个字有九个不知道你在说什么,伙计,她说。

嗯哼,他说。不过,嘿。我生来对此就有准备。②

在你小时候,他们在那教给你的那些真人秀频道"最闹鬼现场"之类的东西肯定是把你的脑子给过油炸了,她从走廊的另一端对他喊道,她的喉咙在身子里突突地跳着。

喉咙跳着,就好像她是乐器上的一根弦,正不情愿地被人拨弄。

英格兰就不该允许不同的语言存在。

英国。她的意思是,英国。

基本上,从那时开始,她发现自己更多的时候是和鲁塞尔一起玩,在轮班表上和鲁塞尔签在一起。

她为这个绝食者感到难过。

但她也无能为力。

她拿起碗,把它交给一个厨房的拘子,让他把碗送到厨房去。

一天结束了。

移民遣返中心外面,一块块小树篱现在形成了一整片树篱。你看不出哪一株在哪里结束,另一株又从哪里开始。

---

① 苏格兰女王玛丽自幼在法国长大,18岁渡过加莱海峡,来到苏格兰。后来被迫逊位后逃往英格兰,被伊丽莎白女王囚禁并处死。
② 呼应他上面所说盖尔语的内容。

斯黛路过的时候,她正跪在地上折树枝。

你没事吧,布丽特?丢东西了吗?

找到了,布丽特说。谢谢。

到了下周这个时候,时钟向前拨快一个小时[1],天气就会又好又亮堂了,斯黛说。

布丽特点点头。

嗯,好天气。

她把手放进口袋,手里握着树枝。在火车上,她捏碎了一片叶子,把它放在鼻子上,闻它的绿色。

你在这放这么多黄杨树枝干什么?第二天早上,母亲进来,看到布丽特屋里桌上那堆或干枯、苍老、暗淡,或翠绿、新鲜、发亮的树枝时说,因为布丽特在闹钟响了很久之后还在床上,母亲就只能进来把她叫醒。

黄杨木。

谁承想她母亲会知道这是什么树做的树篱呢?

她的母亲从不透露自己知道些什么,但她母亲的确知道事情,知道许许多多的事情。

24小时的BBC新闻已经开始了,一如既往地在客厅大声播放着。又暴跌了。到底会怎么样,之类的。照旧的噪声。照旧的老一套,一遍又一遍,那么多噪声,没有一点意义[2]。学校里学过的话。威廉·莎士比亚。他们全班一起读。一个人用不公正的卑劣手段占领了一个王国。但是鬼魂

---

[1] 指夏令时。
[2] 《麦克白》第五幕第五场:"人生……是一个愚人所讲的故事,充满着喧哗和骚动,却找不到一点意义。"朱生豪译。

们都冲他来了,而树木组成了一支军队,向他进军。

她起床。

她套上了衣服。

她的母亲把树篱上的树枝拿走了,放进厨房的垃圾桶。丢茶包的时候,布丽特看到它们在里面。

我不能再把工作的东西①带回家了,她心想。

---

① 工作的东西,也兼有"工作上的事"之义。

但现在呢? 时间还是 10 月。

尚有一场席卷全国的入冬过程。

古战场上,在标示了不同军队曾经所在位置的旗帜之间,正有秋天的游客走来走去。

他们信步走过死亡之井。他们在纪念石堆墓前拍照。他们参观战斗当天唯一留存到现在的、依然伫立的小屋。

他们躬身阅读低矮的石头上镌刻的部族名字,就是在这里,或那里,在寒冷的春雪与冰雹之中,这些部族纷纷倒下了,在苏格兰裔法国人查理率领的詹姆斯党军队与他的表弟、英裔德国人比利率领的政府军作战那天①。比利军队的士兵——主要因为他们在前几次跟高地人的交战中都输得很惨,所以他们努力精进了用刺刀和剑侧向刺击的新动作,以及新的跪姿或站姿步枪射击与装弹轮换的动作——最后成功

---

① 指卡洛登战役中,"俊王子查理"查尔斯·爱德华·斯图亚特与汉诺威王朝乔治二世之子、坎伯兰公爵威廉·奥古斯塔斯(Prince William Augustus)王子。詹姆斯一世的外孙女索菲娅是汉诺威王朝乔治一世的母亲。他们各自复杂的身份提示了为苏格兰和英国各自作战的荒诞。

得胜了，而在战后，所有在卡洛登和因弗内斯之间的道路上清点尸体的当地男女和儿童都只得躲避穿红衣的英国士兵，以免自己也落得血肉模糊的下场。

历史在一眨眼之间快进，从那时起过了272年，前后有半年左右的误差吧。

这里是今天的战场：

孩子跑过白骨之上的草坪，跳进年轻女人的怀里。

你能想象亲眼看到心脏的跳动吗？就像他的那一跳。

年轻女子双臂环抱着孩子。

他们就那样站在那里，就好像世界不得不凝聚在这一幕的周围。

然后，看起来像穿着制服的一伙人穿过草地向他们跑来。从远处看，就好像肯定是有人在拍喜剧片，像《基斯通警察》这类的老式默片，这么多人凶神恶煞地奔向一个女人和一个孩子。

制服人员要包围他们并不难。他们，孩子和女人，没有跑掉。他们只是站在那里拥抱着，好像他们是一个人，而不是两个人。

穿制服的人把妇女和孩子分开。

女人和孩子被分别带回主停车场。

孩子被放到一辆面包车的后面，妇女则被戴上手铐，带进了另一辆车。

两辆面包车启动，开走。

一些看到这一幕的游客跟着妇女、孩子和公务人员们来到停车场，保持着距离。还有一些人围着停车场，包括一些从游客中心出来的演员——他们打扮成过去的人,有点像鬼魂,来自战斗双方的鬼魂——看着女人和孩子被装进面包车。

其中一个演员从他的服装下面掏出一部手机,开始录像。好几个人都拿出手机来录像。他们举起手机时,穿着 SA4A 制服的人向他们走来,挥舞着手臂,大喊着让他们不要拍。

这些人还是继续拍。他们拍下了面包车开走的过程。

面包车开走后,他们拍摄了站在路中央,对着开走的面包车大喊的白人女人,就好像对他们喊话有什么用似的。他们拍摄了她被装进警车的过程。他们拍摄了警车载着这个女人开走的过程。

他们拍摄了那个旁观了这一切的人:这个人走过来,询问那些用手机记录下事情经过的人,可否得到他们的联系方式。

他们问他,刚才怎么了?发生了什么事?这到底是怎么回事?

然后再回到位于古战场墓上方的小路,或者走进游客中心,这里比外面更暖和。有 360 度电脑三维特效重现的,英国土地上的最后一场战役,据说效果好极了,真正让战争如在眼前。700 名高地人在三分钟内死亡,并有带 GPS 定位的免费语音导游。价格不高,评价很好,Tripadvisor 平台上的大多数人都给了五颗星。

就这些了,反正现在就这些了。

故事结束了。

好吧,还差一点:

4月。

它教会了我们一切。

一年中天气最寒冷、最恶劣的日子都可能在4月发生。不要紧。这是四月天。

这个月份的英文来自于罗曼语的Aprilis，拉丁语的aperire：打开，揭开，使能接触，或去除那阻止人去接触的东西。它或许也部分地源自希腊爱神阿芙洛狄忒的名字，她在各路神仙之间见异思迁的快活情史，也映照出这个月份晴雨不定的变幻与莫测。

牺牲的月份，嬉游的月份。重建之月，丰产仪式之月。在这个月份里，大地和花蕾已经打开，沉睡一冬的动物醒来了，并且已经开始繁殖，鸟儿筑起巢窝，去年此时还不存在的鸟儿，正忙着把明年此时将接替它们的鸟儿带到世间。

春鹃月，草月。

在盖尔语中，它的名字意味着被愚人误认为5月的月份。4月愚人节也很可能标志古代新年庆祝活动的结束之时。冬天有主显节。春天的礼物则不同。

死去的神灵复生之月。

在法国的革命日历中,它连同3月的最后几天一起变成了"芽月"①,回归源头、回归种子、回归事物的萌芽之月,这也许就是为什么,左拉为他写的关于绝望的希望的小说起了这么一个革命性的标题。

4月是无政府主义,是春天——这伟大的联结——的最后一个月。

当你经过任何一丛开着花的灌木或树木,你不可能听不见,听不见那引擎的嗡鸣,新的生命已经在其中忙碌,那时间的工厂。

---

① 芽月(Germinal)。

鸣谢与感谢

我首先要感谢那些曾与我交谈的难民和
被拘留者，或曾经书写过在英国移民遣返中心
被无限期拘留情况的人们
尤其感谢一位不具名的朋友
把在移民遣返中心的日常生活
告诉我。

谢谢你，西蒙，
谢谢你，安娜，
谢谢你们，赫尔曼妮，埃莉，莱斯利·B，莱斯利·L，莎拉·C
与哈米什·汉密尔顿和企鹅的所有人。

谢谢你，安德鲁，
谢谢你，特蕾西，
与威利公司的所有人。

衷心感谢塔西塔·迪恩。

谢谢你们，朱莉·弗利斯和拉格奈德·桑迪兰兹，

谢谢你们，瑞秋·福斯，盖瑞·金伯，
安德烈娅·纽伯瑞，霍华德·尼尔森。

向凯特·汤姆森和露西·哈瑞斯致以特殊的谢意。

谢谢你，玛丽。

谢谢你，珊德拉。

谢谢你，莎拉。

译后记

机器有选择吗？

许小凡

　　阿莉·史密斯喜欢写老人，也会写老人，"季节四部曲"的几乎每一部都包含一段老年人的人生侧写，他们各自携带时间的礼物和创伤，被迫面对一片荒芜之海。想努力从中重整一些意义出来，不断突围的尝试又往往被身体的衰弱所困，最终呈现的是人生巨大的空虚：刚刚接近收获就被收割，刚有些心得就要夭折，这对于一个致力于创造的灵魂来说是残酷的，而古往今来的人生无非是前赴后继重复这样的浪费。上一次让我感到如此会写老年，还是读安妮塔·布鲁克纳《短促一生》（*Brief Lives*）的时候。

　　《春》始于这样的一个老人和他的朋友，但——也许是因为春的临近——它至少在年纪上逐渐轻盈起来。老年人被年轻的人们轻轻拾起，带他去往一条他的人生其实一直明示给他，却机缘凑泊直到现在才得以实现的一条道路，是贫困之神和丰盈之神的双重来临。但青年也并不都带来希望，或者说，历史的灾难一再重演，正是因为我们无法把某种绝对价值赋予"青年"这种属性;青年,像《荒原》那个春天的开头一样面目模糊。随着情节的展开,故事的道德核心浮现了,一个22岁的年轻女性,一个系统中的普通人,她聪明、风趣,有丰富的想象力。她会共情,会感受,但她还是一个机器。

机器,一个系统之人的比喻,一个更加日常的艾希曼问题。叙事的聚焦游走于不同的角色之间,而当他们开着面包车奔驰在苏格兰的秋天,镜头则在老人理查和年轻人布丽特(以及他们各自的内心与回忆)之间来回切换,像赋格中相互追击的两个声部。布列塔妮·霍尔,无论是她的全名布列塔妮还是昵称布丽特,都唤起那个与她几乎同名的国家,而她正为这个国家管理它虚拟的国境线。她依照规定,帮助公司控制那些在漫无天日的拘留之中绝望的难民与移民,并在必要的时候协助施虐。这家由政府雇佣的移民监狱在小说中化名为SA4A,它在生活中也确有原型①,从这个角度说,这部小说有它现实的残酷性,它通过布丽特的经验,把移民不能见光的生活细节以白描的形式展现在我们的眼前。光是凭这一点,这部小说就有它强烈的时代意义,是"脱欧小

---

① 有评论指出这里其实隐晦地指向了G4S以及其他类似私营安保公司的移民服务(见 Jon Day, "*Spring* by Ali Smith——seasonal delight brings quartet towards a unified conclusion", *Financial Times*, 22 Mar 2019)。它们以安全为名,在恶劣的条件下无限期地扣押着大量移民和难民。《冬》《春》《夏》这三部小说都或多或少地关注了英国生活的这个暗面,而被他们雇佣的人毋宁说是一个国家幽暗腹腔的清道夫。同时,小说中施救的组织以及他们的面包车,也让人联想到二战当中将集中营中的囚犯转移到中立国瑞典的白色巴士行动(White Buses)。

说"这个名词所不能涵盖的意义。

我们看到布丽特感受这个系统，反思这个系统，系统在规训被拘留人员的同时也规训着她，从这个角度来说，她分享着这些失去自由的人的不幸，但这是她主动选择的不幸，是政治哲学中所说的"自愿当奴隶"的自由，虽然她作为奴隶的工作内容恰恰在于奴役他人。① 这个移民拘押系统与她之间，是一种温和的、粉红色的奴隶制，甚至带有镇静效果。也许对她的观察能让我们问出的问题是，一种好学生式的惯性和一个对人施虐的严密体系是如何相互成就的。同时，小说还让我们注意到，对善恶的知识与感受并不必然导致相应趋善的行为。光有感受是不够的，还需要判断力，需要像女孩弗洛伦丝提示的那样，向不可见之物看去。② 当布丽特把她的旅伴弗洛伦丝形容为"善"——"一个只在历史和歌曲中使用，而现实生活中没有人再使用的字"——她叙说的与其说是描述的对象，不如说是她自己的亏欠，一种神秘的自我意识（与知识）。她在一些时刻里仍然珍重着善，但这不妨碍她尽职尽责地扮演她机器的角色。而善的实现所需要的品质，勇毅，倔强，自我抹除，敏锐的判断，自

---

① 作为政治哲学家的诺齐克很明显允准这种主动做奴隶的自由，当然，他对现代社会奴隶制的定义也很宽泛，具有启发意义。见 Robert Nozick, *Anarchy, State and Utopia* (Oxford: Blackwell, 1974, 2001), 331。但罗尔斯（John Rawls）《正义论》所主张的"平等的自由"也可以理解为回应了"自愿做奴隶"这一把自由主义推向极致的命题：后者似乎是自由原则中的悖论，但确实违背了平等原则。关于这一点的讨论见崔之元，《从"自愿当奴隶"说起》，《读书》1998（6）。

② "看只是理解的开始，是它的表面，是所有理解的表层。"

身受苦时仍然关照他人的能力,以及在缝隙之中灵巧的腾挪,却往往并不写在善的教科书之中。善是一门实践的学问。

同时,阿莉·史密斯带我们辨析了这样一个情境:一个人,她有学习能力和受影响的能力,可以在与女孩弗洛伦丝的交锋中变得有趣,在男友的影响下也开始主动讨论纳粹问题,但在现实生活里,对纳粹的义愤并不与实际从事一种看似更温和的现代纳粹事业相冲突。从这个角度说,善恶的知识并不是天然给定的,而永远都是一种生成中的当代知识,对它的辨认需要对身边一切现实保有勤勉的警觉。同时,布丽特的姓氏——"霍尔"——几乎是直白地唤起了战后著名的左派学者斯图亚特·霍尔(Stuart Hall),或者说,霍尔媒体理论的一个黑色幽默的版本。如果说布丽特意识到自己的母亲被电视新闻里的谎言所困,那么仅仅这种意识本身并不能保护她:她无疑也是被电视编码的一代人。她无法想象爱。她是她从公司园区拾起的枯枝,是无法被唤醒的,"呆钝的根"①。她所有的想象力或来自真人秀频道,或来自电视影片;或者在我们的当代情境下,想象一个被短视频完全编码的头脑。从学校,到电视,到公司,如此严丝合缝又步步惊心的规训系统,而她又是一个如此优秀的学生、观众和员工,她优秀的驯顺从某个层面来说,也导致了她的共谋。我们甚至可以透过与霍尔同为雷蒙·威廉斯弟子的理查·霍加特的思想,来观察布丽特以及她的工友们这类新工人。电

---

① T. S. 艾略特,《荒原》,查良铮译。

视（以及电视所代表的其他新媒体）在娱乐中输出了一整套价值体系，减弱了他们对自身所处社群的真切感知①。当然，无论电视还是小视频，都不能替人为自己的行为负责。正如以赛亚·伯林所说，一个人无论在什么地方，都不能因为他只是发挥某种功能、从事某种职业或者扮演某种角色而免除作为人的责任②。《春》里既有电视纪实节目的制片人，也有它们的观众，作为大众媒体的提喻，电视本身并不担负什么原罪，毕竟——如果我们仍然借用霍尔的语言——对它们进行解码的权利仍在我们自己手中③。小说中的"奥达"以及她的同伴也印证着这一点。

斯图亚特·霍尔虽然已经成为英国文化研究的代名词，但他自己就是来自牙买加的移民，因此在布丽特写满帝国历史的名字后面冠上霍尔的姓，的确有它的讽刺意味。斯图亚特·霍尔也是帝国疾风号的一代。在书中，这个为《春》提供重要历史背景，甚至让现在的移民监狱还要处理它遗留问题的战后事件是借由帕蒂的口提出的：一个爱尔兰人，知识与灵感的化身，是诗与真，是消逝如落叶的世代。来自西印度群岛（以及一些其他英联邦国家）的移民乘着帝国疾

---

① Richard Hoggart, *The Uses of Literacy* (London: Chatto and Windus, 1971), chap. 7. 同时，我猜想，本书的主要人物之一、电视制片人理查（也是《秋》中伊丽莎白失散的父亲），对他的命名或许也正与理查·霍加特有关。

② 以赛亚·伯林，《现实感》，潘荣荣、林茂译（南京：译林出版社，1996），244-45.

③ 见 Stuart Hall, "Encoding and Decoding in the Television Discourse", *Culture, Media, Language: Working Papers in Cultural Studies*, 1972-79, eds. by Stuart Hall et al. (London: Routledge, 1991)。

风号来到英国,为了填补战后英国劳动力的空缺,但从某种意义上说,也是一种帝国边陲向着母国的"还乡"。但许多人因此从母国的养子变成弃子:不少人的移民手续并不齐全,这在战后宽松的移民政策下是普遍的现象,但在世代生活于英国的半个多世纪之后,特丽莎·梅政府的内政部①在2017年的一纸驱逐令让这些没有手续却世代居留英国的人们一夜之间或被举家遣返,或被押送至移民监狱,接受布丽特们的管理。帕蒂痛恨这样的暴行却无能为力,但她为理查打开的想象力却间接让他与被驱逐的人相遇了。这是想象的魔法,而在《春》之中,这条至为优美的、叙事的弧线与凯瑟琳·曼斯菲尔德、里尔克、狄更斯、雪莱和莎士比亚的文本,以及塔西塔·迪恩的当代艺术作品错综地交织。这些与《春》共振的文本是叙事主线之下绵密而丰富的潜流,它们与当下危机相互激发出了新的意义,也共同指向一个问题:那些非我族类的人,正在——又应当——得到如何的对待?

在最近热播的英剧《克拉克森的农场》中,有一个名叫卡勒布的小伙子,他是当代城市生活中几乎绝迹的一类生物,可以说他就是他的农场里长出的庄稼。他的知识完全是在地的,他生长在奇平诺顿②,从没去过一小时车程之外的伦敦,但又掌握了陇间地头的一切知识,是一本从作物习性

---

① 英国内政部,本书中简称为 HO,即 Home Office。
② Chipping Norton,英格兰牛津郡的一个小镇,它所在的科茨沃尔德(Cotswold)地区是英国田园风景最秀美的地方,这个地区的景色风物常被英国人当作民族性的象征。

到农业器械的百科全书。像城市化和国际化之前我们许多可敬的祖辈一样,他是渊博和闭塞的综合体。他生下了一个小孩,笑称他"非我族类"(foreign),因为他所有的家人都来自奇平诺顿,但小孩生在 30 千米以外的牛津。这当然是一种节目需要的夸张,但如果把它当作一个隐喻,那么那个被坦然接受为"非我族类"的距离,比 30 千米要远多少?族类的问题在《春》当中是显象的,它嫁接到移民与难民问题之上,而人物的肤色与种族背景只在蛛丝马迹中披露,需要读者细心而敏锐的洞悉。在霍尔看来,种族是差异的政治,它来自人的生物属性,但又必须借助社会话语;它与语言相同,都通过划分门类和生成意义来实现它的目的①。移民也是如此:小说中女孩弗洛伦丝的叙述,和她写在本子上的文字(这些文字穿插在小说每个章节的开头),以及移民监狱对人的折磨,都提示了一个看似平等的社会中隐形的歧视。他们不被看见。他们的面孔、痛苦和一切都被社会中的他人征用着,用来印证系统的合理和他人的幸运。

  这些歧视全部建立在社会话语和语言霸权的基础上,而女孩弗洛伦丝带来的希望也恰恰在于一种举重若轻的、解域的尝试:不被看见,就利用这种隐身;用语言搭建的,也能用语言拆毁。她拆解了布丽特名字中单一的文化霸权,告诉她即便是 Brit 这样的名字也提示着不止一个地名,它是英国,也是法国的布列塔尼大区,而无论是英国与法国,还是

---

① Stuart Hall, *Selected Writings on Race and Difference*, eds. by Paul Gilroy and Ruth Wilson Gilmore (Durham: Duke UP, 2021), 361-3.

英格兰与苏格兰，英国与曾经帝国版图上的其他地方，它们的边界在历史上从来是活动的，很多时候甚至是模糊的。实际上，边界不仅划分领土，它还衔接着领土：这让我们想到一种一多不分的、浑然的宇宙观。在布丽特工作的地方，那些各自独立的树篱最终将连成一片；它在分割内与外、禁地与自由、他们与我们的同时，也是它们之间的唯一联结，而它本身并非天然存在，也不会永久存在：这一整片树篱最终将融入风景。因此，相比于一种或真诚或表演的、对于作为历史的纳粹的义愤，更加必要的是一种向外延伸自我的努力，一种济慈所说的"否定感受力"（negative capability），对各种意义上"非我族类"的人的感受，也是把一变成多：《春》向我们提示，机器也可以是贝多芬的百音琴。或者，退一步说，故事里的桑卓和许多普通人也为机器提供了另一种选项。苏格拉底式的女孩弗洛伦丝向我们展示了这种关于差异的感受力在实践中有多么简单：发问，对话，认真地聆听他人的"故事"——不能被你据为己有的、属于他人的故事。聆听不是迫切地寻找相似性，用一种相似性去理解另一种相似性，而是努力发现文化的异质性（在小说中是移民，是盖尔语，是不同的性别身份），这是日常观察的政治，也是不同于差异政治的另一种理解世界的方式。聆听的本质是突破自我的牢笼，克服从自我的出发点解释一切他人际遇的冲动。"别觉得这些都围着你转"，这是《春》反复带给我们的告诫。这样的有效聆听，对差异的聆听，才是公共空间的前提：是阿伦特所说的"居间"之物，一张"共在"

的桌子①。

于是《春》带着它的读者一起聆听贝多芬、莎士比亚、曼斯菲尔德、狄更斯：它们是小说文本对自身边界的克服。阿莉·史密斯"季节四部曲"的每一部都在某种程度上重写了莎士比亚的一部传奇剧：《秋》的《暴风雨》，《冬》的《辛白林》，《春》的《泰尔亲王配力克里斯》，《夏》的《冬天的故事》②。它们各有各的奇迹，在《春》这里，是泰尔亲王配力克里斯盾牌上的"待雨露而更生"③，是他九死一生之中缀联起不同国度的漫游，是海生的玛丽娜完好无损地走出青楼——这些在《春》之中都有灵巧的对应。而曼斯菲尔德对《春》的意义则更加具体。在一篇访谈中，阿莉·史密斯谈到了曼斯菲尔德对她的意义，这个生于新西兰，在英国写作，盛年客死异乡的现代主义小说家让她"重新理解了……距离，理解了一种外国人的身份，知道自己格格不入，又身处不同的国家、自我、时间、人群、心态、历史间的灵泊之中，知道无论你感到多么自在都是在自欺欺人，而无论你在世界上、在作品中感到多么陌生，那都是自然的，最自然的事"④。生于苏格兰，母亲是爱尔兰人的阿

---

① 刘文瑾，《道德崩溃与现代性危机：三位"后奥斯维辛"思想家的遗产》（上海：上海三联书店，2021），61. 在《春》的行文里，也有一张这样美妙的、共在的、具体的桌子，等待读者的发现。

② Stuart Kelly, "Book review: *Summer*, by Ali Smith", *The Scotsman*, 11 Aug 2020.

③ 见本书题记。

④ Ali Smith, "The Art of Fiction, No. 236", interviewed by Adam Begley, *The Paris Review*, summer 2017.

莉·史密斯与曼斯菲尔德共享一种边地心态，与矫健地占据中心相比，这种心态或许更加健康，更让人看得见被迫沉默的他者。

《春》的出版时间是2019年，它的中文版在2023年的春天面世。一百年前，1923年的冬春之交，34岁的凯瑟琳·曼斯菲尔德在枫丹白露去世；那之后的几个月，爱尔兰内战结束，爱尔兰自由邦成立，但孤悬的北爱尔兰又酝酿了20世纪下半叶的北爱尔兰问题①。同一年，威廉·卡洛斯·威廉斯出版了《春天与一切》：历史与进化亦步亦趋的重复结束了，"世界是新的"；在一战的废墟之上，在通往传染病医院的路上，草木带着"苍茫的尊严"，在严寒之下荒野之中，春天以摧枯拉朽的势能让一切苏生②。相比之下，《春》似乎并不完全拥有这样的乐观：它回荡着长20世纪的危机，从这个角度来说，它更适宜与其他谈论20世纪问题的文本一起对读。"季节四部曲"始于《秋》，终于《夏》，这个安排令人想到托妮·莫里森《最蓝的眼睛》：它的四个部分也以这样的顺序展开四季③。在《最蓝的眼睛》再版序言中，莫里森提到一种"尊严的夭折"，一种由种族身份、性别身

---

① 本书中也涉及与北爱尔兰问题相关的内容，此外，帕特里克·拉登·基夫的纪实作品《什么也别说》（Say Nothing）和2022年马丁·麦克唐纳的电影《伊尼舍林的报丧女妖》（情节设定于1923年）也从不同角度描述了北爱尔兰问题的源流，以及在20世纪带来的历史创伤。
② William Carlos Williams, Spring and All（New York：New Directions，1923）.
③ 在2019年英国《卫报》的一篇访谈中，阿莉·史密斯提到《最蓝的眼睛》是终生影响她的一本书。

份、社会身份带来的自我仇恨——与威廉斯那种普世的、"苍茫的尊严"形成了微妙的错位——它常常发生在孩子身上,在孩子的自我尚未"长出腿来"的时候①。可以说,在《春》之中,这种尊严的夭折与自立是相互伴生、相互角力的,像绝望和希望互为前提,死与生相互驱动:正如阿莉·史密斯所说,"季节四部曲"里的小说无论以什么季节为题,都与其他的季节有关。在将移民问题、气候变化、保守政治、核战威胁这一切摆上桌面之后,春天那"时间的工厂"可以轻而易举也是纳粹的死亡工厂。与其说《春》的落脚点在于复苏的希望,不如说在于一种联结的努力:"没有一个季节能够独立存在。"②

《春》的翻译也让我更深地体会到了人的联结。阿莉·史密斯的文本充满各种文字的双关性带来的困难,在翻译当中,我受到了许多帮助。我感谢浙江文艺出版社的编辑老师周易的辛苦付出,也感谢为这本书付出劳动的所有人们。我的同事,北外英语学院的王颖冲老师最先让我和这本书的翻译结缘,同为我的同事的张放老师对这本书里涉及盖尔语的内容提供了热忱的帮助。我的朋友野次马在陈宁译里尔克的资料方面为我提供了帮助和指点,来自英国的朋友米歇尔·麦金托什(Michèle McIntosh)耐心地为我解释了书中提到的英国合作学校系统,我的丈夫苏伟通读了全文并提出了许多修改意见,在此我对他们一并表示衷心的感谢。译文所有

---

① Toni Morrison, "Foreword", *The Bluest Eye* (New York: Vintage), x.
② Ali Smith, "The Art of Fiction, No. 236", *The Paris Review*.

的问题，都由我负责。

《春》始于一场绵长的怀念。像《秋》一样，怀念在相爱的人中间发生，虽然这爱与一般意义上的爱情并不完全重合。如阿莉·史密斯所说，爱与死亡分别居于等式的两端，一切爱的故事都与可能失去、必然失去有关①。爱扩大了对死亡的想象力，让它不被技术理性、世俗理解和实用主义所禁锢。爱又是人根本的属性，"因为这任凭日常困苦扰人心神，而仍怀揣希望的奔往，就是爱"。在盖尔语中，与爱和友谊有关的"关系，亲近"与"人，人群，部落"同为一个词，dàimh。在狄更斯的《七个穷旅人》里，也是爱与婚姻让杜布迪克放下了怨恨，理解到"战争不会消弭。但能够消弭的是敌意"。而在《春》中，杜布迪克又成为一个象征爱的名字。人是有限的，但不要紧，在爱人的记忆里还有许多的春天可以度过。这也将是那不可逾越的身体的边界融化的一刻。

2023 年 2 月
于北京

---

① Ali Smith, "The Art of Fiction, No. 236", *The Paris Review*.